KB116440

맛있는
사형 집행
레시피

맛있는 사형 집행 레시피

지은이 이석용
펴낸이 임상진
펴낸곳 (주)넥서스

초판 1쇄 인쇄 2023년 8월 25일
초판 1쇄 발행 2023년 9월 1일

출판신고 1992년 4월 3일 제311-2002-2호
10880 경기도 파주시 지목로 5 (신촌동)
Tel (02)330-5500 Fax (02)330-5555

ISBN 979-11-6683-613-8 03810

가격은 뒤표지에 있습니다.

잘못 만들어진 책은 구입처에서 바꾸어 드립니다.

www.nexusbook.com
&(앤드)는 (주)넥서스의 문학 브랜드입니다.

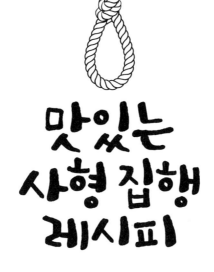

맛있는 사형 집행 레시피

이석용 장편소설

일러두기

맞춤법은 국립국어원의 원칙을 따랐으나 뉘앙스를 살리기 위한 일부 표현은
그렇지 않을 수 있습니다.

목차

지옥문이 열린다

대통령은 제 방에 손님처럼 앉아 있는 법을 안다. 우두커니 앉은 폼이 집무실과 함께 압축 포장된 부실 식재료 같다. 느슨한 올가미처럼 보이는 넥타이와 짝짝이로 걷어 올린 셔츠 소매, 흐트러진 행색이 그나마 부패한 이미지보다는 부실한 쪽으로 거들고 있다. 옷걸이 아래 널브러진 고급 브랜드의 양복 상의가 같은 처지처럼 보이는 것도 이러한 이유 때문이리라. 그렇게 대통령은 혼자서 집무실의 시공간을 일그러트리는 중이다.

그때 창문으로부터 생뚱맞은 빛줄기가 쏟아져 들어왔다. 대통령은 이마저도 외면하려는 듯 두 손에 얼굴을 묻었다. 얼굴을 감싼 손등 위로 불안한 그림자가 새어 나왔다. 손가락에 힘을 주면 줄수록 그 불길한 기운은 더 찐득하게 흘러나왔다.

집권 3년 차. 대통령의 인기는 당선 이후 꾸준히 내리막이다. 이

대로라면 지지율은 한 자리, 아니 시간만 충분하다면 제로에 수렴할 것이 분명하다.

경제 분야에서는 주력 사업 하나 남기질 못했고, 국제 무대에서의 존재감도 희미해져 갔다. 웃음거리나 되지 않는다면 다행일 것이다. 게다가 이제는 측근 비리까지도 심심찮게 터져 나오기 시작했다. 선거 캠프를 돕던 측근들—알아도 너무 많이 아는—이라 쉽게 내칠 수도 없지만, 그렇다고 언제까지 감싸 줄 수도 없는 상황이 되었다.

언론이 정권의 공약 불이행 사안을 정리하고 있다는 소문이 돌기 시작했다. 정부가 반등의 동력을 잃었다고 판단되는 순간, 언론은 사소한 비리나 실수에도 확대경을 들이댈 것이 틀림없었다. 물론 하나같이 사소하지 않다는 점이 더 큰 걱정이긴 하지만……. 게다가 등 뒤에도 서슬 퍼런 칼날을 가지고 있었다. 여당이 총선에 패배하기라도 하는 날이면, 퇴임 이후는 그야말로 가시덤불로 만든 작은 방을 예약해야 할 판이었다. 여태껏 이 나라가 생기고 못난 대통령이 어디 한둘이겠느냐마는 최근에 벌어진 잔혹 범죄 한 건이 대통령과 행정부의 무능을 새삼 도마 위에 오르게 하고 있었다.

경호실로부터 법무부 장관이 도착했다는 연락을 받고 짧지 않은 시간이 흘렀다. 대통령이 인터폰으로 손을 뻗으려는데 때마침

벨이 울렸다.

[임동수 법무부 장관이 전화를 받고 있습니다. 기다리신다고 할까요?]

"놔둬요. 급한 전화일 게야. 그보다 장관과 얘기 도중에 부를지 모르니까, 비서실장이랑 정무수석 모두 멀리 있지 말라고 전해 줘요."

[네, 알겠습니다.]

창문으로 내다본 정원에는 임 장관이 뒷모습으로 전화를 받고 있었다. 전화기를 들지 않은 손으로는 반대쪽 귀를 막고 있었다. 아내나 집에서 걸려 온 전화를 받을 때의 포즈였다. 어쩌면 아픈 딸일 수도……. 어쨌든 임 장관은 이 상황에서도 침착하게 머릴 굴릴 수 있는 유일한 사람이었다.

대통령이 바닥에 떨어진 상의를 집어 옷걸이에 걸자마자, 임 장관이 바짝 마른 표정으로 집무실에 들어섰다. 임 장관은 인사도 생략하고 다짜고짜 일과를 비워 놨느냐고 물었다. 물론 지금은 격식을 따질 때가 아니었다. 오히려 임 장관의 총기 있는 눈빛에서 실낱같은 긍정의 사인을 발견할 수 있어서 반가울 따름이었다.

대통령이 고개를 끄덕이니, 임 장관은 바로 비서실에 연락해 8인용 원형 테이블을 준비할 것과 엄중한 보안을 당부했다. 대통령은 그 준비 과정을 지켜보면서 자신이 경박하게 두 손을 비비고 있다는 사실을 뒤늦게 깨달았다.

대통령 집무실 한편에 테이블이 배치됐고, 메모지 세트와 마이크는 임 장관이 손짓으로 모두 물렸다. 결국 몇 개의 생수병만 덩그러니 남겨졌다. 그 횅한 자리에 대통령과 임 장관이 달라붙어 앉아서, 그것도 귓속말을 나눴다.

"대통령님, 지금 상황은 최악입니다. 단호한 결단이 필요합니다."

"결단?"

임 장관은 아직 공개되지 않은 강현태 사건과 관련된 내용을 보고했다.

2년 전 범인 검거의 결정적인 기회가 있었지만, 수사 당국의 DNA 증거 훼손으로 눈앞에서 놓쳐 버린 사실이 언론에 흘러 들어갔다는 것이었다.

범인을 놓쳤다는 대목이었는지, 언론에 흘러 들어갔다는 부분이었는지는 명확하지 않지만 대통령은 입을 벌리고 탄식했다. 현재 증거 훼손에 대한 책임을 검찰과 경찰이 서로에게 미루고 있는 상황이며, 검경이 연쇄 살인의 가능성도 감지하지 못하고 있을 때 정작 범인을 검거하고 사건의 전모를 밝혀낸 건 다름 아닌 피해자의 아버지였다는 충격적인 사실도 보태졌다. 심지어 그 과정에서 검경의 방해를 받았다는 정황이 피해자 아버지의 증언으로 남았고, 지금 그 증언은 유언이 되어 버렸다. 범인이 남긴 범죄 영상과 증거들을 언론에 제보하고 끝내 삶을 마감한 것이다.

임 장관은 이 내용이 공개된다면 정부에 치명타가 될 거라고 침울하게 전망했다. 그나마 다행인 건 민감하고 불명확한 책임 소재로 인해 위태로운 엠바고가 유지되고 있다는 점뿐이었다.

대통령은 말 그대로 넋이 나갈 지경이었다. 여론의 질타가 검경을 넘어서 정부와 대통령 자신을 향해 쏟아질 거라는 것을 어렵지 않게 예상할 수 있었기 때문이다. 임 장관은 사법부의 한 관계자가 사안의 위중함이 탄핵으로도 번질 수 있다고 한 말을 덧붙였다.

"괘씸한……. 어, 어쨌거나 뭔가 결단이 필요하다고 하지 않았나요?"

"네, 그렇습니다. 제가 이곳저곳 물어보니 이 사안은 사형이 선고될 가능성이 높다고 합니다. 아니, 그럴 거라고 했습니다."

"누가요?"

"누군지는 중요하지 않습니다. 그리고 모르시는 게 더 낫고요."

"그건 알았네. 그런데, 그 결단이라는 게……?"

"돌려 말씀드리지 않겠습니다. ……매달면 어떻겠습니까?"

"매, 매달아? ……뭘?"

"사형숩니다."

대통령이 입을 벌린 채 잠시 귀신을 보듯 번뜩이는 눈빛의 임 장관을 바라봤다. 그러고 보니 저 눈빛으로 생각할 시간을 달랬던 게 보름 전 일이었다.

*

청와대 본관 2층 백악실. 테이블 위엔 여러 종류의 술과 탄산수, 안주들이 즐비하다. 앞으로의 일을 대비하자고 모였던 게 그만 술판이 되어 버렸다. 여당 중진인 정경수 의원이 참석한 자리가 늘 그러하듯이.

넓은 테이블 위를 채우고 있는 고급 술병과 정갈하게 플레이팅 된 안주가 마치 진지전(陣地戰)이 한창인 전쟁터를 디오라마한 것처럼 보였다. 전장을 앞에 두고 둘러앉은 장수들의 표정이 밤처럼 어두웠다.

대통령과 정경수 의원은 위스키를 홀짝였다. 강영민 정무수석은 와인 잔을 손에 쥐고 천천히 휘돌렸고, 임 장관은 생수병을 든 채 말이 없었다.

정 의원이 위스키를 원샷한 후 땅콩버터를 듬뿍 바른 쿠키를 탐욕스럽게 입에 밀어 넣었다. 대통령이 그 꼴을 보지 않으려고 고개를 돌리다가 강 수석과 눈이 마주쳤다.

"누가 시원하게 얘기 좀 해 봐요! 나도 상황이 안 좋다는 건 압니다. 그래도 좀 더 디테일하게 알고 있어야 하잖소?"

어딘가에 텅 빈 시선을 고정하고 꿈쩍도 하지 않는 임 장관이나, 입 안에 과자를 욱여넣고 으적으적 씹어 대는 정 의원이 대통령의 말 상대가 되어 줄 것 같지 않았는지, 슬픈 내레이션은 강 수석 몫이 되어 버렸다.

"모든 상황이 좋지 않습니다만, 국제 신용도가 특히 그렇습니다. 그런 이유로 수출이 전반적으로 주저앉고, 물가도 가파르게 오르고 있습니다. 특히 집값 상승과 교육비 부담은 최악입니다. 가계 대출도 대형 지뢰로 작용할 게 틀림없습니다."

"그래도 경제지표는 나쁘지 않다고 그러던데?"

"부동산 가격이 계속 오르니까 건설업체가 물량을 넘치게 뽑아내고 있기 때문입니다. 건설 투자가 그나마 경제지표를 견인하고 있는 겁니다. 언론이야 업체에서 광고를 주니까 당연히 두둔하고 있는 거고요."

"그럼, 뭐…… 괜찮은 거 아니오?"

대통령은 어쩌면 '내 임기 안에는'이라는 말을 애써 삼켜 버렸는지도.

"집값도 한계가 있습니다. 풍선에 바람이 계속 들어간다고 무한히 커지지만은 않는 것과 마찬가집니다. 언젠가는 터지니까 문제죠."

"터지면 어떻게 되는데요?"

"암흑과 빚만 남게 될 겁니다."

제 딴에는 문학적으로 표현한 것이었지만 강 수석은 금방 후회했다. 결국 아무도 반응하지 않았다.

"철강이랑 가전, 관세 협의한다고 외교부 장관 나가 있지 않나요? 그쪽은 어떻게 돼 가고 있어요?"

"만나 줘야 협의고 뭐고……."

강 수석은 말하다 말고 들고 있던 와인을 입에 털어 넣었다.

"뻣뻣한 새끼들!"

입 주변에 쿠키 부스러기를 잔뜩 묻힌 정 의원이 손가락에 묻은 땅콩버터를 빨면서 대화에 끼어들었다.

"솔직히 국제 무대에서 존재감이……. 장관은커녕 실무진급 교류도 없다니까요!"

"아, 생각하기도 싫다! 그건 그렇고, 비서관 누구 하나 사고 쳤다고 그러지 않았어요?"

"네. 이정안 총무비서관입니다."

어느새 현실로 돌아온 임 장관이 대답했다.

"그 친구는 또, 왜요?"

"업체 연결하면서 중간에서 뒷돈을 좀 챙겼던 것 같습니다. 언론에서 냄새를 맡은 것 같은데, 자료를 정리하느라 시간이 좀 걸리는 것 같습니다."

"아이고야, 어쩌자고…… 어떻게 선 좀 그을 수 없습니까?"

"제가 만나 봤는데, 지난 선거 때 유세 문제를 걸고넘어질 수도 있다며 슬며시 농약병 따는 제스처를……"

"개새끼, 네 편 내 편도 없는가 보네! 상관없으니 그냥 날려요! 저까짓 게!"

"아, 네……"

"대통령님, 정말 깜깜합니다! 곧 선거가 줄줄이 있는데 말이죠. 죄송한 말씀이지만 지금 원내 의원들 원성이 자자합니다. 이대로라면 무소속으로 출마하는 게 더 낫겠다고 말이죠."

정 의원이 모처럼 우울한 표정이 되었다.

"아마 낙선이라도 하면 다들 나한테 이빨 드러내며 짖어 대겠죠? 의리 없는 사람들……"

"짖긴요, 물겠죠. ……아마도."

대통령이 아무렇지도 않게 얘기하는 정 의원을 한 번 힐끗 쳐다봤다.

"지지율 회복을 위해서라도 비상 팀을 좀 운영하시면……"

임 장관이 의견을 내려는 순간, 노크 소리와 동시에 최행 비서실장이 다급하게 들어왔다.

"뉴스를 좀 보셔야 할 것 같습니다."

평소 표정이 없던 최 비서실장이 전에 없이 대통령의 눈치를 살폈다. 그 모습에 대통령의 낯빛은 잿빛이 되었고, 나머지는 사색이 되었다. 정 의원만 빼고.

　대통령과 강 수석이 먼저 총총걸음으로 같은 층 세종실로 건너갔다. 정 의원은 느긋하게 걸어가다 다시 돌아가 마시던 술잔을 들고 나와 다시 느긋하게 걸어갔다. 휴대폰을 확인하던 임 장관이 방문을 닫고 마지막으로 세종실로 향했다.

　최 비서실장의 지시로 세종실 한쪽에 놓인 대형 TV가 뉴스 채널에 맞춰졌고, 바로 앞에 소파가 마련되었다. 최 비서실장은 대통령이 앉은 옆에 서서 이따금 귓속말을 전했다.

　화면 하단 붉은 띠 위에 두꺼운 서체로 쓰인 '철물점 초등학생 연쇄 납치 살해 사건 용의자 강현태 검거'라는 타이틀이 시선을 사로잡았다. 글자 크기를 포기할 수 없었는지, 그 큰 타이틀은 끊임없이 흘러나왔다가 사라지고를 반복했다. 대통령 자신도 타이틀을 따라 고개가 돌아가고 있다는 걸 미처 알아채지 못했다.

　흥분해서인지 아니면 준비가 덜 된 탓인지 앵커의 말소리는 좀처럼 알아듣기 힘들었다. 오히려 영상만 보는 것이 더 이해하기 쉬웠다.

　수갑 찬 용의자 하나를 그렇게 많을 필요가 있을까 싶을 정도의 경찰들이 둘러싸 호송했다. 수많은 기자의 플래시 세례가 용의자의 앞길을 밝혔다. 살아 있는 전설이라 할 수 있는 은반의 요정 김연아 선수도 저렇게 환한 길은 걸어 보지 못했으리라. 아마도 이런 언론 보도의 행태로 시청자들은 단체로 묵직한 피로감을 느낄 수밖에 없었을 것이다. 하지만 임 장관만큼은 빼곡한 전구로 화려하게 치장된 한밤중의 회전목마를 떠올렸다. 그도 그럴 것이 화면 상단에는 언론사들의 단독 보도 내용이 큰따옴표 안에서 계속 교체되었고, 하단에는 붉은 띠에 흐르는 타이틀이 쉴 새 없이 흘렀다. 어디 이뿐일까. 화면 좌측엔 용의자의 우중충한 얼굴들이, 우측에는 피해자들의 사진이 카운트되는 숫자와 함께 연신 돌아가며 뿌려졌다. 화면 중앙의 앵커가 이 사실을 인지했다면 기절할 만큼의 현기증을 느끼지 않았을까 싶다. 그래서인지 앵커는 연거푸 말을 씹었다.

용의자는 앞머리로 얼굴 대부분을 가렸지만, 섬뜩한 눈빛은 숨기기 힘들었다. 아니, 용의자 강현태는 카메라를 통해 청와대에 모여 있는 인사들을 노려보고 있는 것 같았고, 오직 임 장관만이 그 눈빛을 똑바로 마주할 뿐이었다.

"저, 저놈, 이제 잡힌 거예요?"

대통령이 놀랍다는 듯 물었다.

"그러게요? 벌써 잡힌 줄 알았는데……."

정 의원도 대통령과 같은 생각이었던 것 같다.

"이런 일이 있었는데도, 그동안 누구 하나 아무 얘기도 안 한 거 예요?"

대통령이 주위를 두리번거렸다.

"어제 여민관 회의에 참석 안 하셔서 총리가 보고하러 가겠다 는 걸, 제가 말렸습니다."

임 장관이 차분한 목소리로 대답했다.

"그야 요즘 아랫배가 조금……. 근데 왜 말렸어요?"

"이 사건은 제가 줄곧 관심 있게 지켜보고 있었습니다. 총리와 행안부 장관과도 오전에 통화했고요. 아직 정리되지 않은 부분이 있어서 대통령님께는 제가 보고드리겠다고 한 겁니다."

대통령이 뒤에 서 있는 임 장관을 쓰윽 돌아봤다. 임 장관이 제 법 믿음직스럽게 서 있었다.

"그렇다면야, 뭐……."

TV 화면 속 기자들의 플래시 세례가 다시 세종실의 관심을 끌 었다. 플래시를 헤치고 나온 사람은 경찰청 대변인이었다. 플래시 로 하얘진 화면을 바탕으로 용의자 강현태의 사진이 걸렸다. 그 밑으로는 짤막한 프로필이 표시됐다.

30세. 미혼. 철물점 운영. 창곡초-창곡중-서림미디어고 중퇴.

주변이 정리될 때까지 기다린 대변인이 브리핑을 시작했다.

정부는 국민의 안전한 삶을 위하여 극악 범죄에 대해 유례없이 강력한 대응을 준비하고 있다는 사실을 알려 드립니다. 우선 지금까지의 강현태 사건에 대해 브리핑하도록 하겠습니다.

언론에선 통칭 '철물점 초등학생 연쇄 살해 사건'이라 부르는 것 같습니다. 용의자가 자신의 근거지인 샤인철물점에서 가까운 세 곳의 초등학교 학생들을 납치한 후 철물점 지하 창고에 감금, 폭행 및 고문, 살해했다고 판단한 이유 때문인 것 같습니다.

그런데 용의자 검거 후 새롭게 추가된 내용이 있어서 바로잡겠습니다. 우선 초등학교 두 곳과 중학교 한 곳입니다. 그리고 성인의 것으로 보이는 유해도 발견되었습니다. 그래서 앞으로는 '강현태 샤인철물점 연쇄 살해 사건'이라고 부르는 게 맞을 것 같습니다.

올해 서른 살인 용의자 강현태는 말씀드린 바와 같이 인근 초등학교와 중학교 학생을 포함한 10여 명을 납치, 살해한 것으로 추정하고 있습니다. 일반인 미귀가자까지 수사 범위를 확대하면 규모는 더 커질 수 있다는 점, 미리 말씀드립니다.

일부 훼손된 시신에서는 고문의 흔적을 상당수 발견할 수 있었습니다. 다만 이는 순화된 표현일 뿐입니다. 사건명에 '철물점'이란 표현이 들어간 건 단순히 근거지를 특정 짓기 위한 것만은 아니라는 걸 말씀드리겠습니다.

이 잔혹한 범죄 대부분을 강현태도 자백하고 있으며, 범죄 동기를 묻는 질문에는 고통스러운 아이의 표정을 보기 위한 것이라고 담담하게 진술하고 있습니다.

용의자 강현태는 25년 전 금은방을 운영하던 부모가 잔인하게 살해되는 장면을 목격한 바 있습니다. 그때의 트라우마가 지금의 인성을 형성했을 것이라는 전문가 의견이 있었습니다. 잠시 국과수 법의관의 인터뷰 영상을 보시도록 하겠습니다.

대변인 뒤에 놓인 스크린에서, 25년 전 방송됐던 '샤인금은방 부부 살해 사건' 뉴스 영상 위로 입혀진 법의관의 목소리가 흘러나왔다.

강현태는 당시 만 5세로 부모가 잔인하게 살해된 현장에서 넋이 나간 채로 발견되었습니다. 그때의 트라우마로 강현태는 선택적 함구증을 앓게 되었습니다. 아마도 사건 당시를 떠올리는 뭔가가 작동되면 말을 잃어버리게 되는 것 같습니다. 제 소견으로는 강현태가 이 상황을 벗어나려 할 때마다 뭔가 더 큰 자극이 필요하지 않았나 생각됩니다. 하지만 강현태는 범죄 당시의 기억이 또렷하고⋯⋯.

법의관의 인터뷰 영상이 정지되고 다시 대변인이 브리핑을 이어 나갔다.

주요 골자는 여기까지입니다. 말씀드렸다시피 강현태는 범행 대부분을 시인하고 있습니다. 수사가 진척되는 대로 다시 브리핑하도록 하겠습니다. 정부는 이와 같은 극악 범죄에 유례없이 강력하게 대응할 것이라는 사실을 다시 한번 말씀드리겠습니다. 아직 많은 정보가 수집되는 중이라 질의응답 기회는 나중에 갖도록 하겠습니다. 이만 마치도록 하겠습니다.

대변인이 엄청나게 빠른 걸음으로 단상에서 사라졌다. 기자회견이 종료되자 최 비서실장이 TV를 껐다. 정적을 깨고 강 수석이 기다렸다는 듯이 의견을 냈다.

"이거 이슈 이터로 쓰면 어떨까요?"

다들 강 수석 쪽을 바라봤다.

"이슈 이터가 뭡니까? 거, 공대 출신도 좀 알아듣게 얘기해 주면 어디 덧나요?"

대통령이 자신의 존재를 상기시켰다.

"아, 죄송합니다. 큰 이슈가 다른 자잘한 이슈들을 모두 잡아먹는다는 의미로 말씀드린 겁니다. 저쪽 방에서 고민했던 얘기들 있잖습니까? 그것들 모두 강현태 사건으로 덮어 버리면 어떠냐는 거죠. ……선거 때까지."

정 의원이 노골적으로 꼴 보기 싫은 미소를 흘렸다.

"아, 그야 말해 뭐 해요? 그렇게 할 수만 있다면……. 그런데 아무리 그래도 그게 자잘한 이슈는 아니잖소? 살인 사건 정도로 덮을 만한 게……."

강 수석이 눈빛을 번뜩였다.

"그러니까 좀 만져 줘야죠. 없으면 만들어도 주고……."

대통령은 의미심장한 말을 듣고도 말을 아꼈다.

"지금 고민할 땐가요? 살아날 희망이 있으면 바로 대가리 디밀어야죠."

오히려 정 의원이 자신의 밑바닥을 드러냈다.

"역풍만 조심하면, 해 볼 만합니다."

모처럼 임 장관이 긍정적인 메시지를 냈다.

"선거 전까지 가능할까요?"

정 의원이 물었고, 다들 마른침을 삼켰다. 대통령의 재가는 필요 없었다.

"한번 해 보겠습니다."

강 수석은 마시던 와인 잔을 내려놓고 대통령에게 깍듯이 인사한 후 먼저 방을 나섰다.

임 장관이 대통령에게 다가와 나지막이 말했다.

"역풍을 순풍으로 바꿔 보겠습니다. 잠시 시간을 갖도록 하겠습니다."

임 장관도 바로 방을 나섰다.

"정 의원, 먼저 실례할게요. 다른 의원님들에겐 잘 말해 주세요. 청와대도 열심히 일하고 있다고."

대통령과 최 비서실장도 뭔가 진지한 얘길 나누며 방을 나섰다.

아무도 없는 곳에 남겨진 정 의원은 희미한 미소를 지으며 술병과 안주 접시를 제 앞으로 끌어 모았다. 그리고 술을 거침없이 한 잔 가득 따르고는 단숨에 들이켰다.

"다들 괜히 청와대에 있는 건 아닌가 보네!"

정 의원이 누군가에게 전화를 걸었다.

"어, 나야. 아주 중요한 정보가 있어. ……그래, 거기서 한잔하자고."

임 장관은 불 꺼진 입원실 병상 끝자락에 한참을 가만히 서 있었다. 곤히 잠든 딸과 보호자 침대에서 쪽잠을 자는 아내를 깨우고 싶지 않았다. 병실을 조용히 나서 휴게실 TV를 켰다. A 방송국은 강현태 사건을 두고 심야 시간대에 특별 대담을 편성했다.

패널인 전직 지방경찰청장은 범행의 잔인함을 에둘러 고발함과 동시에 강현태의 과거 트라우마와 현재의 범행은 별개로 보고 처벌해야 한다고 열변을 토했다.

임 장관은 TV를 끄고 알 수 없는 표정으로 조용히 고개를 끄덕였다.

좁은 마당은 달빛이 내려앉은 달맞이꽃 세상이었다. 반백의 노인이 마루 한편에 걸터앉아 멍하니 마당을 바라보고 있었다. 은퇴 후엔 이러고 있는 시간이 많았다.

등 뒤로 압력 밥솥 김 빠지는 소리가 들려왔다. 무릎을 짚고 천천히 일어나 거실을 가로질러 주방으로 갔다. 웃고 있는 아내와 어린 아들이 포옹하고 있는 사진이 든 액자가 거실 책꽂이 한 칸을 전부 차지했다. 싱크대 앞 작은 창가에는 오래된 라디오가 제 몸보다 몇 곱절이나 긴 안테나를 뽑아낸 채 놓여 있었다. 두툼한 손가락으로 작은 버튼을 어렵게 눌렀다. 라디오는 바로 소리를 내어 주지 않았다. 하지만 노인도 보챌 생각은 없어 보였다.

가스레인지의 불을 줄여 뜸을 들이면서 식탁 위 음식 재료들을 능숙하게 체크했다. 펼쳐져 있는 수첩에는 동그라미 쳐진 날짜 밑으로 '고석태(서울구치소)'라고 적혀 있었고, 그 옆으로 3단 찬합이 보였다. 노인은 재료를 정성껏 씻고 손질했다.

애호박과 감자가 도마를 두드리는 소리에 깨끗하게 잘려 나갔다. 당근이 도마 위에 오를 즈음, 라디오가 소릴 냈다. 이번에도 강현태 철물점 연쇄 살인 사건의 속보였다. 그는 하던 일을 멈추고 뉴스를 경청했다.

강 수석은 임 장관의 딸이 입원 중인 병원 주차장에서 임 장관을 기다렸다.

VIP실이 따로 있는 병원이었지만 딸은 일반 병실에 입원해 있었다. 임 장관은 자신의 신분도 병원장과 몇몇 사람들 이외에는 알리길 꺼려 했다. 강 수석은 오는 길에 캐릭터 인형과 임 장관 내외가 먹을 음식을 포장해 왔다. 임 장관이 강 수석의 차를 발견하고 다가왔다. 강 수석이 차에서 내려 준비해 온 걸 말없이 전했다. 임 장관도 말없이 받고는 그냥 씨익 웃었다.

"혜숙이가 이거 미경이 먹이란다. 미경이가 처녀 때부터 좋아하던 거라고 그러더라. 보호자가 아프지 말아야 한다면서. 혜숙이 솜씨, 알지?"

"알지. 정말 고맙다. 혜숙이한테도 고맙다고 전해 줘라."

"동수야, 그냥 VIP실 들어가! 왜 가족들 고생시켜? 너 자격 충분해! 내가 해?"

"아냐, 지금도 충분해. 치료가 달라지는 것도 아니고. 우리 애 병이 힘든 거지……."

"혜라는?"

"그런대로 씩씩해. 갑자기 좋아지는 게 아니니까 인내심을 갖고 기다려 봐야지. 그나저나 이거 주려고 온 거야?"

"……검경 애들 얘기 들었지? 이제 어쩌냐?"

"내가 말한 역풍은 이런 상황을 두고 말한 거야."

"그래서 어쩌냐고?"

"너무 걱정 마. 방법이 없는 것도 아니니까."

"그게 뭔데?"

"조금 기다려 봐. 그보다는 우리가 사건 돌아가는 사정을 확실히 꿰고 있어야 해. 동원할 수 있는 거 다 동원해서라도. 그리고 내일 청와대 들어갈 때 먼저 연락할 테니까 그때 상의하자고. 알겠냐?"

"동수야, 나는 왜 맨날 너한테 이렇게 의지하고 살아야 하냐? 하여간 부탁한다. ……혜라 문제, 바깥 직원들한테 줄 댈 수 있을 거 같은데……. 어떻게 생각해?"

"……신경 써 주는 건 잘 알지만, 그건 아닌 것 같다. 정부에 부담되는 일은 안 하려고. 알려지면 통째로 훅 갈 수 있어. 대통령, 어떤 사람인지 잘 알잖아? 도움이 필요하면 말할게. 나한테도 생각이 있어. 잘될 거야. 영민아, 어쨌든 고맙다."

임 장관이 뒤돌아서서 멀어진다. 그 뒤에 대고 강 수석이 측은

한 마음을 전한다.

"늘그막에 얻은 자식은 쉽게 안 떨어진다고 그러더라. 미경이한테도 안부 전해 줘. 고생해라! 나, 간다!"

강 수석이 차량 뒷좌석에 올라 잠시 생각하는가 싶더니 지시를 내린다.

"정태야, 다시 들어가자. 경호실에도 알려. 관저에 잠시 들릴 수 있도록."

강 수석은 차량이 빠져나오는 동안 차창 밖으로 보이는 불 켜진 병원 건물에서 눈을 떼지 못했다.

'환자들이 모두 이곳에 있으니 죄다 건강한 줄 알지…….'

강 수석은 차에서 내릴 때까지 제 수첩에 있는 언론사 대표에게 전화를 돌려 같은 얘길 반복했다.

"같이 프로젝트 하나 해야겠습니다!"

*

"매, 매달아? ……뭘요?"

대통령은 어이가 없었다. 보름 전 역풍을 순풍으로 바꿔 보겠다며 사라진 임 장관이 돌아와서 한다는 소리가 다짜고짜 매달자는 얘기였으니.

"사형숩니다."

"뭐요? 지금 나보고 사형 집행을 재개하라는 얘깁니까? 제정신이에요? 원성을 더 키워서 어쩌자는 겁니까? 불 난 집 깨끗하게 다 태우기라도 하자는 겁니까? 게다가 국제적인 비난까지 살 수 있다고요!"

"화마에서 비켜설 수도 있습니다."

"그게 말이나 돼요? 대통령이 승인한 걸 뻔히 알 텐데?"

설설 끓는 찻잔에 차가운 얼음이 들어왔다. 얼음은 녹으면서 끓는 물을 식혔다.

"논란거리로 만들면 됩니다. 저희는 잠시 링 바깥으로 나가 있자는 말씀입니다."

그제야 대통령은 상체를 뒤로 물리며 창문 밖 먼 하늘을 바라봤다.

"아휴, 덥네, 더워!"

대통령이 인터폰으로 강 수석을 연결했다.

"날세. 우리 마시던 거 좀 남았지? 그거 가지고, 건너오세요. 자네 절친이 아주 화끈한 거 들고 왔어. 빨리 와요!"

회의 테이블 위에 술 몇 병이 올려졌다. 이번에도 대통령은 위스키를 스트레이트로 원샷했고, 강 수석은 와인 잔을 빙빙 휘돌렸다. 임 장관은 물로 입만 적셨다.

"자네, 제정신이야? 지금 이럴 때가 아니잖아! 정부를 나무라는 목소리가 광장에 메아리치고 있다고! 거기에 인권을 외치는 시민 단체까지…….”

나무라는 강 수석의 말에도 임 장관은 얼음처럼 차분했다.

"알지. 알고도 남지. 끓고 있는 여론을 지켜본다는 건 분명 불편할 거야. 그런데…… 그런데, 우리가 끓는 물에 들어가는 것보다는 낫지 않을까?”

대통령이 넘어질 듯 앞으로 상체를 기울였다.

"그래서 어떻게 하자는 거요?”

"이번 사건은 분명 검경의 실수가 크게 부각될 겁니다. 서로 책임을 전가하려 진흙탕 싸움을 할 거고요. 알아본 바로는 청와대까지 책임이 직접 연결되는 정황은 없는 것 같습니다. 이번이 마지막 기회입니다. 우선 직접 관련자들을 모두 법정에 세우고 엄벌한다고 발표할 겁니다.”

"앙심 품고 보복할 텐데?”

"윈윈할 수 있습니다. 얻을 거 얻고 나면 흐지부지될 거니까요.”

"국민은 바보가 아니에요!”

"압니다. 지지율만 오르면 어떻게든 헤쳐 나갈 수 있습니다. 자신 있습니다. 사형수 딱 한 사람만 매달면 됩니다.”

흥분을 가라앉힌 강 수석이 가장 궁금한 걸 물었다.

"자, 알았어, 알겠다고. 그런데 사형 집행으로 논란거리를 던져 준다고 치자고. 그게 정부에 긍정적인 메시지로 돌아온다고 어떻게 확신하지?"

그건 대통령도 궁금해하던 내용이었다.

"강 수석, 닭 요리 좋아하지?"

"뜬금없이 닭은 또 뭐야? 물론 좋아하지. 알잖아?"

"생닭도 먹어? 생닭도 좋아해?"

"에이, 그럴 리가……."

강 수석은 아니라며 고개를 가로젓다가 뭔가 머리를 스치고 지나가는 걸 느꼈다. 대통령이 참았던 질문을 꺼냈다.

"요리하잔 얘기죠? 양념 좀 치자고, 그렇죠? 임 장관, 무슨 계획 있어요?"

"네, 있습니다. 순차적인 계획이 있습니다. 저희가 링 밖에서 지켜볼 수 있는 그런 시나리오가 있습니다."

대통령 얼굴이 환하게 밝아졌다.

"뭐, 그렇다면 준비 정도는 해 두는 것도 나쁘진 않겠지요? 이 시점에 정부도 뭔가 제스처를 취해야 하긴 하니까 말이죠."

"혹시 그러다가…… 거덜 나면 어떡합니까?"

강 수석이 이번에는 대통령을 향해 말했다.

"가만히 있어도 거덜 납니다. 어떻게 하시겠습니까?"

임 장관도 대통령을 향해 답변을 채근했다. 대통령이 테이블 앞으로 바짝 당겼던 상체를 천천히 등받이에 기대면서 의미 없이 고개를 끄덕였다. 그리고 더 나아간 생각이 있는지를 물었다. 이에 임 장관이 밝힌 소신은 다음과 같다.

우선 극악 범죄에 대한 전쟁을 선포하고 대통령 직속으로 '극악범죄철폐위원회(이하 극철위)'를 신설한다. 비서실장을 위원장으로, 정무수석은 감사, 친정부 성향의 국가인권위원회 위원장과 동 위원회 법률자문 상임위원, 법무부 교정본부장과 교정기획관, 시민단체 시민위원, 2인의 인권 전문 기자 포함 총 9인으로 위원회를 구성한다.

"비서실장은 빼시오. 그 사람 할 게 많아요."

"그래도 당연히 비서실장이……."

강 수석이 의외라는 듯이 말했다.

"아닙니다. 비서실장은 이번 일 모르는 게 좋겠어요. 그냥 빼고 임 장관이 맡으세요. 어차피 사형 집행 최종 결정권자도 법무부 장관 아니오?"

"알겠습니다. 그렇게 하겠습니다."

동시에 강현태 사건의 수사와 재판은 신속하게 진행하며 낱낱이 언론에 공개한다. 특히 과실이 있는 검경 관련자들에겐 관용 없이 책임을 묻고 언론에서 밀착 취재할 수 있도록 열어 준다. 이때 피의자 강현태는 물론이고 책임이 있는 공직자들도 소소한 신상까지 모두 공개한다.

사법부가 강현태의 재판을 진행하는 동안 법무부는 기존 사형수 중에 후보군을 선발하고, 극철위는 다시 이 중에서 사형 집행 대상자를 선정한다.

조건은 사형 선고 후 시간이 많이 흐른 건, 재고의 여지가 가장 적은 건, 사형수 자신이 죄를 시인한 건과 가까운 가족이 없는 사형수를 우선순위에 둔다. 모범적인 케이스가 선정되는 즉시 일본의 집행 방식처럼 비밀리에 사형을 먼저 집행하고 추후 언론에 공개한다. 그리고 대중을 향해서는 극악 범죄 철폐를 위해 어쩔 수 없는 선택이었지만, 최대한 인권을 존중한 사형 집행이었음을 드라마틱하게 공개한다.

"드라마틱?"

"네, 그렇습니다. 사형 집행으로 극악 범죄에 분노한 여론을 만족시키고, 인권 진영을 향해서도 나름 인도적인 집행이었다는 제스처를 취하는 겁니다.

여론을 움직일 땐 그림만 한 게 없다고 생각합니다. 인도적인 마지막 예우, 예를 들어 융숭한 마지막 만찬을 제공했다는 그림을 떠우는 겁니다. 때마침 눈물을 찔끔거리기라도 한다면 '마지막 가는 길, 따뜻한 밥 한 공기 앞에서 일말의 뉘우침이 있었다'는 글귀 하나 보태면 어떨까 싶습니다."

"기자 놈들이 그렇게 순순히 써 줄까요?"

"기자에게 이런 취재 기회는 거부할 수 없는 큰 유혹이 될 겁니다. 사형수의 마지막을 남길 기회는 흔치 않으니까요. 그리고 경험 많은 교정 관계자 얘기를 듣자 하니까 마지막 식사 앞에서는 대개 포악했던 사형수들도 얌전하게 자신을 돌아본다고 합니다. 기자는 거기까지만 참석할 수 있도록 하면 됩니다."

"예순여섯, 일곱 정도였지? 모두 매달 건가요?"

"예전엔 한 번에 예닐곱씩도 매달았다고 합니다. 그런데 이번엔 절대 그러면 안 됩니다. 자칫 공장처럼 보일 수 있으니까요. 한 번에 한 케이스. 그리고 여론도 세밀하게 진단하면서 진행해야 할 겁니다. 한 명만 매달면 제일 좋겠지만……."

대통령이 헛기침으로 자신이 듣고 싶은 지점을 분명히 했다.

"다시 묻지만, 여론을 가져올 수 있다고 생각합니까?"

"사형 집행으로는 강현태 사건의 여론을 잠재우고, 때를 봐서 대통령님이 직접 사형 제도 자체를 완전히 폐지한다고 선언하시면 반대 여론까지 흡수해 두 마리 토끼를 모두 잡을 수 있다고 생각합니다. 결국 실보단 득이 클 거라, 생각합니다."

"그건 너무 줏대 없어 보이진 않을까요?"

"해석이야 어떻게든 할 수 있습니다. 그리고 모양 좀 빠지면 어떻습니까? 그간의 실책이나 강현태 사건도 덮고 지지율도 올릴 기횐데요."

"그래도 좀 꺼림칙하지 않나요? 지지율과 사람 목숨을 바꾸는 기분이네만……."

임 장관은 '책임'이라는 올가미 주위를 맴도는 대통령의 대답을 기다리지 않았다.

"아직 아무도 매달지 않았습니다. 선택은 대통령님의 몫입니다."

대통령은 대답 대신 위스키 잔을 꺾어 입 안에 털어 넣었다.

암묵적인 재가 아래 대한민국 사형 집행 부활 프로젝트는 급물살을 탔다. 무시무시한 두뇌와 행동력을 가진 쌍두마차에 얹혀서.

청와대 춘추관에선 대변인의 긴급 기자회견이 열렸다. 대변인이 원고를 추리고 있는 동안 뒤쪽 대형 스크린에 신설되는 극악범죄철폐위원회의 조직도와 위원 개개의 프로필이 표시되었다.

"윤철상 청와대 대변인입니다. 최근 극악 범죄가 국민의 삶을 위협하고 있습니다. 이에 대통령은 어느 때보다 강력하게 대응하라는 특별 지시를 내리셨습니다. 현 시점부로 극악범죄철폐위원회가 신설됩니다. 위원장은 임동수 법무부 장관, 감사는 강영민 정무수석이 맡게 되었습니다. 위원으로는 백순호 국가인권위원회 위원장, 이명호 국가인권위원회 법률자문 상임위원, 정두영 법무부 교정본부장, 허태수 전 법무부 특임교정기획관, 김종근 시민단체 위원, 고상구 매일정치 인권 담당 선임기자, 정현정 인권일보 선임기자, 이상 아홉 명입니다. 약칭 극철위는 극악 범죄를 철저히 예방함이 우선이고, 이미 벌어진 범죄에도 단호하게 대처하는 역할을 수행하게 됩니다. 아직 많은 부분이 진행 중인 관계로 질문은 다음 기회로 미루도록 하겠습니다."

빠져나가는 대변인 등짝으로 기자들의 질문 세례가 쏟아졌다.

"대통령은 이번 사건의 책임을 누구에게 묻고 있나요?"

"인적 구성이 뭔가 연관성이 없는 것 같은데, 무슨 권한이 있기는 한가요?"

대상 없는 질문들이 회견장에 고스란히 남겨졌다.

매일정치 사옥. 편집장실의 문을 두드리고 조심스럽게 주위를 살피는 사람은 다름 아닌 극철위 위원으로 임명된 고상구 기자였다. 고 기자가 들어가자마자 편집장실의 블라인드가 내려갔다. 두 사람이 머리를 맞대고 소리 죽여 얘기를 나눴다.

"그게 정말이야?"

편집장은 말끝을 애써 눌렀다. 자신이 최근 몇 년 동안 이렇게 놀란 적이 없다는 사실이 떠올랐기 때문이다.

"그런 것 같습니다."

"사실 이 정부가 이 시점에서 뭐를 하든 이상할 건 없지. 지푸라기라도 움켜잡고 싶을 테니까 말이야. 그래도 이건 너무 의왼데? ……근거는 확실해?"

"극철위 위원장 만나러 법무부 장관실 갔을 때 우연히 메모지에 적혀 있던 세 명의 이름을 봤습니다. 기자 정신으로 바로 메모했죠. 바로 기억나진 않았지만, 많이 낯이 익은 이름들이었거든요. 돌아와 데이터베이스를 돌려 봤죠. ……모두 사형수였습니다."

"그야, 우연일 수도 있잖아? 동명이인이거나."

"물론 그렇죠. 이름만 가지고는 알 수 없으니까요. 그래서 조금 더 들어가 봤죠. 그 동명이인일 수도 있는 사형수 세 명이 모두 같은 날 서로 다른 곳으로 이감되었습니다. 게다가 우리나라에 딱 세 곳뿐인 사형장을 가지고 있는 곳으로요. 그리고 이감 이틀 후엔 사형수들이 일제히 신체검사를 받았습니다. 전국에 있는 모든 사형수가 말이죠."

"정규적인 걸 수도 있잖아? 했다 하면 사형수 모두 일시에 받게 되는 거고."

"아직 끝이 아닙니다. 세 명의 사형수가 이감된 곳에서 인사이동이 있었습니다. 주로 까마귀라고 불리는 CRPT(Correctional Rapid Patrol Team) 교도관들인데 과거 사형 집행이 있던 때에 이들이 집행을 담당했었습니다. 이번 극철위 위원들 면면을 보십시오. 법무부 교정본부가 왜 여기에 구성됩니까? 그리고 그거 아세요? 이들만으로도 사형 집행 참관인단이 구성될 수 있습니다. 게다가 위원 중에 허태수 특임교정기획관은 이미 퇴직한 사람을 다시 부른 겁니다. 법무부에서. 왜일 것 같습니까?"

"경험이 많아서 그랬다면 좀 식상한 대답이 되겠지?"

"허태수 교정기획관은 97년 마지막 사형 집행을 담당했던 다섯 명의 교도관 중 정년을 채운 유일한 사람입니다."

"그나저나, 자네 이러다가 위원회에서 잘리면 어떻게 하려고……?"

"이런 정황으로 의심하지 않는 게 더 문제죠. 그리고 위원회요? 어쩌면 잘리는 게 더 나아요. 위원회에선 보안 유지 각서에 사인해야 하거든요. 정부에서 제공하는 정보만 기사화하는 건 별로 의미 없어요. 차라리 이런 소스를 기반으로 밖에서 취재하는 게 더 나을지도 몰라요."

"그런가? 자네 프로필에 금칠할 좋은 기횐 줄 알았는데?"

"그야 모르는 일이죠. ……그럼 허락하시는 걸로 알고 터트리겠습니다."

"자넨 정말 정부에서 사형 집행, 재개할 거라 생각해?"

"아까 편집장님도 말씀하셨잖아요. 이 정부가 뭘 해도 이상하지 않을 거라고."

강현태 사건은 하루도 거르지 않고 방송을 탔다. 그리고 시간이 갈수록 수위는 점점 더 높아졌다. 어느 가족은 TV 뉴스를 보다가 그 자리에서 얼어 버렸다. 강현태의 범죄 행각을 여과 없이 방송하고 있었기 때문이다. 패널은 검경의 무능이 연쇄 살인을 키웠다며 침을 튀겼다. 피해자를 감금했던 지하실을 비추는 장면에서 아버지는 아이의 눈을 가려야만 했고, 어머니는 식탁에 고기를 올린 걸 후회했다.

> 강현태의 철물점 지하 창고에서 발견된 시신 이외에 추가로 35킬로미터 거리의 야산에도 시신을 유기한 사실이 새롭게 드러났습니다. 고속도로 톨게이트 CCTV에 잡힌 영상을 가지고 추궁했다고······.

범죄 수사 전문가의 목소리가 사라지더니, 그 위로 고상구 기자의 기사가 속보로 덮였다.

고상구 기자 단독 - 정부, 사형 집행 재개 준비 중?!

뉴스가 보도되는 곳이면 어느 곳에서든 사형 집행 찬반에 대한 격렬한 논의가 들풀에 옮겨붙은 불꽃처럼 일어났다. 심지어 어느 고속버스 정류장 대기실에서는 주먹이 오갔다는 단신이 보도될 정도였다.

청와대는 신속하게 움직였다. 극철위 위원들에게는 바로 회의 일정을 통보하고, 강현태 사건 하나하나에 현미경을 들이댔다. 그 시작으로 매일정치 고상구 기자가 초래한 논란을 해명하기 위한 기자회견이 열렸다.

"극악범죄철폐위원회 인적 구성에 약간의 변동이 있다는 걸 말씀드립니다. 위원회 측에선 이번 논란을 촉발한 고상구 기자를 제외하기로 했습니다. 결원 보충도 없을 겁니다. 언론 파트는 정현정 기자 혼자서 충분한 역할을 하리라 생각합니다. 발족식 없이 이른 시일 안에 업무를 시작할 예정입니다."

기자들은 순번을 정해 질문을 던졌다.

"고상구 기자를 고소하실 예정입니까?"

"아닙니다. 무책임했지만 그것도 언론의 역할이라고 판단했습니다."

"사형 집행을 준비하고 있다는 얘기는 사실입니까?"

"대한민국은 여전히 법정에서 사형을 선고하고 있습니다. 자, 이번 브리핑은 이 정도로 하겠습니다."

이번에도 대변인은 여운이 가시기도 전에 회견장을 도망치듯 빠져나갔다. 사회자가 서면으로 질문을 받겠다는 공지를 전하는 중에도 기자들의 귓가엔 여전히 대변인의 마지막 답변이 맴돌았다. 회견장은 짧은 정적 끝에 거세게 일렁였다.

강현태 사건과 관련하여 증거를 훼손했다고 의심되는 전, 현직 검사들과 경찰들이 포토 라인 앞에 세워졌다. 대통령이 직접 유가족을 만나 고개를 숙이고 위로하는 장면이나, 책임 있는 모두에게 지위 고하를 막론하고 포승줄을 씌워야 한다고 호통 치는 모습이 전파를 탔다. 엠바고는 더 이상 의미가 없어졌다. 고상구 기자로부터 촉발된 사형 집행 재개에 관한 기사는 사실 여부를 떠나 순식간에 기화되면서 냄비 뚜껑을 날려 버릴 듯한 여론을 형성했다. 동시에 찬성과 반대로 나뉘어 빠르게 진영을 형성했다. 예상했던 대로 강현태의 극악 범죄 위로 사형 집행의 찬반 논란이 고스란히 뒤덮여 버린 것이다. 그렇게 2막은 시작됐다.

엠네스티를 비롯한 시민·인권 단체들이 연대해 즉각 정부의 반인권 행위를 규탄했다. 공영방송은 그 목소리를 생생하게 공중파에 담았다. 동시에 찬성의 목소리도 같은 분량으로 내보냈다. 피해자 유족들과 극악 범죄를 우려하는 시민들이 목소리를 높였다. 시민·인권 단체는 경찰이 만든 장벽 앞에서 구호를 외쳤고, 유족들은 광장에서 목 놓아 오열했다. 국제사회에서 보내는 우려의 시선도 전파를 탔지만, 사형을 집행하는 미국과 일본, 러시아, 중국의 상황에 대해서도 자세하게 보도됐다. 강현태 사건은 사형 집행의 찬반을 묻는 논란의 장에서 하나의 사례처럼 축소되어 갔다. 그리고 여론의 한편에서는 행정부의 전례 없는 신속하고 투명한(?) 대처에 호의적인 반응도 싹트기 시작했다. 예상치 못한 부수입 같은 것이었다.

고 기자는 또 한 번의 특종을 예고했다. 매일정치의 편집실 한편에 기자회견장이 마련되었다. 단상 뒤로 '매일정치 고상구 선임 기자 2차 폭로 기자회견'이라고 적힌 현수막이 걸렸다.

"많이 기다리셨습니다. 매일정치의 고상구 기잡니다. 1차 보도가 나가고 정부가 사형 집행을 재개할 거라고 했던 주장에 대한 근거를 공개하겠다고 한 바 있습니다. ⋯⋯지금이 바로 그때입니다."

고 기자는 손에 든 종이를 깃발처럼 흔들었다. 종이는 금방 사이키 조명에 노출된 하얀 셔츠처럼 물들었다.

"정부가 선별한 사형 집행 대상 사형수들입니다!"

기자들의 탄성과 장내의 어수선함으로 고 기자는 더 이상의 말을 꺼내기 어려웠다. 하지만 그의 곤혹스런 표정 뒤로 키를 쥔 자의 희열이 얼핏 내비쳤다. 장내는 궁금함에 못 이겨 스스로 진정되어 갔다.

"제게 신문기자로서 합리적이고도 타당한 의혹을 품게 한 이름들입니다. 극철위 위원장, 그러니까 임동수 법무부 장관실 메모지에 있던 내용들이며 그저 보여서 본 것입니다. 제게 잘못이 있다면 단지 기자 정신에 따라 기억했다는 것뿐입니다."

"빨리 시작합시다!"

"알겠습니다. 바로 공개하겠습니다. 모두 세 명입니다. 첫 번째로 정민태. 57세. 2002년 4월 당시 36세로 화성을 근거지로 한 철탑파의 행동 대장이었습니다. 경쟁 파벌인 수원 이글즈파의 조직원들을 술집으로 유인해 잔인하게 살해했습니다. 피살자는 모두 세 명이었고, 한 명은 미수에 그쳤습니다. 두 번째는 박종훈입니다. 51세. 2006년 8월 당시 34세로 술자리에서 말다툼한 친구와 헤어지고 그 친구의 집을 찾아가 어린 딸을 성폭행 후 살해했습니다. 그리고 그 길로 평소 짝사랑하던 미용실 직원 역시 성폭행 후 살해했고, 미용실 주인도 살해하려 했으나 미수에 그쳤습니다. 마지막은 김기련입니다. 65세. 1999년 7월 당시 41세로 사이비 종교인 오라비진리교의 부교주였습니다. 집단 농장에서 탈출

하려던 두 가정의 구성원 모두를 독극물로 살해하고 암매장했습니다. 암매장 자리에 함께 있었던 신도 중 하나가 농장을 탈출하면서 범죄 사실이 알려진 경웁니다. 이 사형수들의 공통점은 아직 잘 모르겠습니다. 그러나 사형 집행 명령권자인 법무부 장관의 방에서, 이들의 이름이 나왔다는 건 분명 의심 가는 바가 있습니다. 이상입니다."

고 기자의 말이 끝나기 무섭게 기자들은 손을 들어 질문 기회를 얻으려 전쟁을 벌였다.

A 방송국에선 고 기자의 폭로를 바탕으로 놀랄 만한 특별 편성 방송을 내보냈다. 사형 집행 대상자로 언급된 3인 중 한 사람인 정민태의 '룸살롱 살인 사건'을 재현한 것이다. 당시 살인 사건이 벌어졌던 룸살롱 앞 거리와 내부가 영화 촬영장에서 재탄생되었다.

세트에 재현된 거리로 정민태(이름표를 달고 있는 재연 배우)와 부하 10여 명이 나타나 룸살롱 앞에 멈춰 선다. 잠시 후 요란한 소음과 함께 이글즈파의 차량 세 대가 나타나 중간 보스를 포함한 조직원 열두 명을 내려놓는다. 마지막 차량에서 함께 내린 진행자(유명 배우 P씨)가 룸살롱 앞으로 걸어와 사건의 개요를 설명한다.

"보시는 바와 같이 정민태 살인 사건의 무대가 되었던 룸살롱을 중심으로 당시를 재현해 봤습니다. 사건이 있었던 2002년 4월 10일 새벽 2시경도 지금처럼 고요했습니다. 정민태는 이곳 룸살롱 입구에서 경쟁 조직인 이글즈파의 중간 보스를 포함한 조직원 열두 명을 맞이합니다. 지금부터 그날 그들의 행적을 따라가 보겠습니다."

거리에 면한 룸살롱 입구로 조직원들이 우르르 몰려 들어가면, 그입구에서 아가씨 세 명이 술과 안주를 들고 나타난다. 아가씨들은 차량에 남아 있던 조직원들에게 이를 건네고 요란한 인사와 함께 다시 룸살롱으로 사라진다. 남은 조직원들은 술과 안주를 들고 차 안으로 들어간다. 진행자는 차량 앞으로 다가와 그 안의 조직원들을 잠시 들여다본 후 다시 내레이션을 한다.

"그들은 서로 반갑게 인사를 한 후 정민태를 따라 룸살롱으로 들어갑니다. 이때 이글즈파의 조직원 여덟 명은 차량에 남게 됩니다. 그들은 약간의 술과 안주를 대접받자 차 안에서 기다리기로 합니다. 다소 쌀쌀한 새벽 공기 탓도 있었으리라 생각합니다."

룸살롱에서 나온 조직원 한 명이 그 앞에서 담배를 피운다. 진행자의 목소리만 오버랩된다.

"한 시간 정도 지났을까요? 룸살롱 입구에서 조직원 한 명이 나와 담배를 꺼내 뭅니다. 그런데 이건 바로 내 편 즉, 철탑파 조직원들을 향한 신호였습니다."

진행자가 도로 저편을 바라보면, 차량 여러 대가 나타나 주차되어 있던 조직원들의 차량 양옆에 바짝 붙어 차 문이 열릴 수 없게 한다. 이어 어디선가 각목과 쇠파이프를 든 철탑파 조직원들이 나타나 조직원들 차량의 유리창을 부수고 휘발유를 붓는다. 그리고 횃불을 든 철탑파 조직원 한 명이 나타나 차량에 타고 있던 이글즈파 조직원들을 겁박한다.

"이렇게 바깥쪽에 대기해 있던 조직원들이 간단하게 제압되었습니다. 그런데 안쪽 상황은 어떻게 돌아가고 있을까요?"

거리와 룸살롱 입구가 재현된 '세트장 1'이 서서히 암전되면, 차량 위에 올라선 조직원의 횃불 불빛만 남게 된다. 진행자가 조금 떨어진 '세트장 2' 앞으로 가 서면 암전되어 있던 조명이 서서히 밝아지며 룸살롱 내부가 나타난다. 대형 룸 안에는 정민태와 이글즈파 네 명이 함께 앉아 왁자지껄 술을 마시고 있다. 정민태가 자리에서 일어나 노래를 선곡하고 마이크를 뽑아 노래를 부르기 시작한다. 어느새 웨이터 복장으로 갈아입은 진행자가 문을 열고 들어와 문 앞에서 내레이션을 한다.

"이글즈파 조직원들은 바깥에 큰 소동이 있었다는 사실도 모른 채 즐겁게 술을 마시고 있습니다. 정민태는 약속된 시간이 되어 가자 자리에서 일어나 입구 쪽에 마련된 노래방 기계를 이용해 노래를 한 곡 뽑습니다. 이때 부른 노래가 솔리드의 〈천생연분〉이었습니다. 이때 바깥으로부터 연락이 옵니다."

노래를 부르던 정민태에게 진행자인 웨이터가 쪽지를 건네주고, 정민태는 이글즈파 조직원들에게 양해를 구하고 방을 나온다.

"바깥에서 상대파 조직원들을 성공적으로 진압했다는 소식이 전달된 겁니다. 정민태는 쪽지 내용을 확인하고 음흉하게 미소를 지었겠지요. 그리고 노래를 부르다 말고 방을 나섭니다. 다음 행동을 위해서였습니다."

이글즈파 조직원 중 하나가 바깥에 대기하던 조직원에게 전화를 걸지만, 통화가 되지 않자 바로 룸을 나선다. 입구가 아닌 안쪽 주방을 향해 몇 걸음 옮기는데, 정민태의 철탑파 조직원 십수 명이 쇠파이프를 들고 룸 안으로 떼 지어 들어가는 걸 목격한다. 방을 나온 조직원은 주방 쪽에서 서너 명의 조직원과 몸싸움을 벌이다 주방 뒷문을 통해 바깥으로 가까스로 도망간다. 일행이 사라진 출입문 앞에 진행자가 선다.

"어떤 느낌이 있었을까요? 이글즈파의 중간 간부 중 한 사람이 바깥 조직원에게 전화를 걸었습니다. 그런데 아무도 전화를 받지 않자 바로 일어나 룸을 나섭니다. 이때 입구에서 제지를 받았지만, 구토를 핑계로 겨우 나왔다고 증언한 바 있습니다. 그리고 서너 명의 조직원도 그를 따라붙습니다. 그는 이상한 분위기를 감지하고 출입구가 아닌 주방 쪽으로 걸음을 옮겼습니다. 우당탕 소리가 나 뒤돌아봤을 땐 이미 자신이 있던 대형 룸 안으로 철탑파 조직원 십수 명이 들어가고 있었던 것입니다. 그는 주방 앞에서 그를 따라온 조직원과 함께 혈투를 벌이다 주방 뒷문 식재료 반입 통로를 통해 겨우 달아날 수 있었습니다."

진행자가 식재료 반입 통로를 흘깃 본 후에 잰걸음으로 다시 대형 룸 앞으로 와 서면 정민태가 손에 흉기를 들고 룸 안으로 들어간다. 그리고 결박당해 무릎이 꿇린 이글즈파 조직원들 앞에 선다.

"쇠파이프로 무장한 조직원들이 술에 취한 상대파 조직원 네 명을 제압하는 건 순식간이었을 겁니다. 불행한 건, 이날의 계획이 단순히 경고에 그치지 않았다는 겁니다. 정민태는 이들 중 세 명을 잔인하게 살해했습니다. 이날의 살인은 결코 우발적인 범행이 아니었습니다. 아주 치밀한 계획에 의한 극악무도한 살인이었습니다. 아니, 처형이라는 말이 더 어울릴 것 같습니다. 이날의 살인으로 정민태는 사형을 선고받았습니다. 정민태는 조직원들 간의 싸움으로 우발적인 살인을 주장하지만, 재판부로부터 받아들여지지 않았습니다."

모든 세트장이 암전되면서 상대적으로 정민태의 얼굴을 비추는 핀 조명이 환하게 빛난다.

A 방송국의 시청률에 자극받았는지 B 방송국은 한발 더 나아가 실제 범죄 현장을 찾았다.

리포터가 도로 옆 전봇대의 고유 번호를 가리킨다.

"이곳은 박종훈 연쇄 살해 사건의 현장 인근입니다. 이곳에서 조금 올라가면 최초 살해 현장인 다운타운빌라가 있습니다."

말을 마친 리포터는 앞장을 서고 카메라가 뒤따른다. 그리고 이때부터 화면 우측 상단엔 이동 거리와 시간이 표시된다. 리포터가 멈춰 서더니 카메라를 향해 돌아선다. 이동 거리와 시계도 멈춘다.

"보시다시피 지금 다운타운빌라는 헐리고 상가 건물이 들어섰습니다. 4층인 것만이 당시 상황과 일치하고 있습니다. 열한 살 김 양의 집은 2층이었습니다. 박종훈은 친구 김 씨와 다툼이 있은 후, 김씨가 집에 없다는 사실을 알면서도 김 씨의 집으로 달려왔습니다. 그는 바로 이쯤에 차를 세웠겠군요."

리포터가 가리킨 곳에 분리 배출 쓰레기통이 있다. 리포터가 상가 건물로 들어서자 카메라와 시계도 같이 움직이기 시작한다. 상가 2층에서 리포터가 다시 멈춰 선다.

"박종훈은 친구 김 씨의 집 초인종을 눌렀습니다. 불행하게도 집에 있던 김 양은 아버지 친구인 박종훈의 목소리를 알고 있었습니다. 그래서 아무런 경계심 없이 문을 열어 줬을 겁니다. 김 씨의 아내가 없는 걸 확인한 순간, 범행 대상은 바뀌었습니다. 바로 열한 살 김 양으로 말이죠. 이렇게 해서 엄청난 불행이 시작되었던 것입니다."

화면 한편에 생전 김 양의 사진들이 재생된다. 흐릿한 모자이크 아래의 김 양은 하나같이 환하게 웃고 있다. 마지막, 영정 사진 위로 20여 분의 시간이 16배속으로 흐르는 시계가 표시된다. 그동안 리포터가 다시 건물 앞에 내려와 섰다.

"약 26분 후 박종훈은 다시 이 거리에 내려와 섰습니다. 그러나 이전과는 전혀 다른 세상이 되어 있었습니다. 박종훈은 친구의 딸을 성폭행한 것도 모자라 목을 졸라 살해한 후 시신을 넣은 가방을 들고 이 거리에 다시 선 것이기 때문입니다. 그는 가방을 자신의 차 트렁크에 싣고 잠시 머뭇거렸다고 합니다. CCTV를 보면 담배를 피우면서 잠시 자책하는 듯한 행동을 취하기도 했습니다. 하지만 그건 어디까지나 박종훈이 주장하는 바입니다. 그 모습이 자책이었는지 아니면 여전히 분을 참지 못하는 모습이었는지는 의견이 나뉘고 있습니다. 그리고 박종훈은 차에 올라 다시 가까운 곳에 있는 미용실로 향합니다. 그곳은 그가 짝사랑하던 윤 씨가 일하고 있던 곳입니다. 함께 가 보시겠습니다."

리포터와 카메라맨이 차에 올라 범죄 현장으로 향한다. 화면 상단에서 다시 이동 거리와 시계가 실시간으로 움직인다. 차가 멈춘 곳은 셔터가 내려가고 불 꺼진 상점 앞이다. 리포터는 부리나케 차에서 내려 상점 앞에 선다.

"이곳은 이미 여러 번 업종이 바뀌었다고 합니다. 뭘 해도 잘되지 않아 빈 상가로 남아 있습니다. 보시는 바와 같이 지금도 잠겨 있습니다. 박종훈은 바로 이곳으로 들어갔습니다. 마침 윤 씨와 사장은 마지막 손님을 보내고 늦은 식사 준비를 하고 있었습니다. 박종훈은 윤 씨의 머리채를 잡고 바로 안쪽 방으로 들어갔습니다. 깜짝 놀란 사장도 이를 말리려 함께 들어갔습니다. 박종훈은 안에 들어서자마자 먼저 사장을 칼로 찔러 제압했습니다. 그리고 반항하는 윤 씨를 강간, 살해한 후 쓰러져 있던 사장을 다시 강간하려 했습니다. 그런데 이 과정을 지켜본 사람이 있었습니다. 예약 시간을 지키지 못했던 한 모 씨였습니다. 그녀는 문을 열고 들어서려다가 거울을 통해 반사된 방 안이 온통 피바다인 걸 보게 되었다고 증언했습니다. 한 씨는 문 앞에서 엉덩방아를 한 번 찧고는 다시 일어서 바로 근처 지구대로 달려갔습니다. 여기까지의 시간은 채 30분이 넘질 않았습니다.”

리포터는 상가 안을 바라보던 시선을 거두고 제 손이 결박된 채로 차에 오르는 시늉을 한다.

“그런데 박종훈은 경찰차에 오르기 전 자신의 또 다른 죄를 털어놓았습니다. 자신의 차에 김 양의 시신이 있다고 말이죠. 이후 박종훈은 이를 두고 체념해 반성한 결과로 친구에게 아이의 시신을 인도하려 한 것이라고 말했습니다. 그러나 경찰과 재판부는 이 말을 믿지 않았습니다. 한 시간 남짓에 두 명의 목숨을 빼앗는 과정에서 수많은 상처와 20여 군데가 넘는 자상을 남겼습니다. 이런 짐승에게 인도적인 의도가 남아 있기 힘들다고 판단한 것입니다. 미용실 사장도 목숨을 건지긴 했습니다만 정상적인 생활은 거의 불가능하다고 합니다. 정신병원에 들어갔다 나오기를 10여 년째 해 오고 있다고만 경찰은 전하고 있습니다. 이듬해 박종훈은 재판부로부터 사형을 선고받았습니다. 이상 박종훈 연쇄 살인 사건을 취재한 서수진 리포터였습니다."

서울구치소 가족 접견실. 테이블 위로 3단 찬합이 펼쳐져 있다. 황토색 수형복에 빨간 이름표를 붙인 고석태가 입맛을 다셨다. 흐뭇한 표정으로 마주 앉은 사람은 백발의 박경호였다.

"오랜만이에요. 지난번엔 아주 잠시 만났었죠? 아니, 지난번이라고 하기엔 너무 오래전이네요."

"아닙니다. 정말로 오실 줄은 몰랐습니다. 지키실 필요 없는 약속이었는데……."

"약속을 지켰다고 하기엔 좀 부끄럽습니다. 그해 생일 때 다시 오겠다는 얘기였는데……. 실망하셨죠?"

"아, 아닙니다."

석태가 손을 내저었다.

"그러잖아도 봉사로 전국을 돌고 계신다곤 듣고 있었습니다. 저희 말고도 다른 장기수들도 골고루 찾으신다고……."

"누가 그러던가요?"

"교도관들이 넌지시 주의를 주곤 합니다. 몇 해째 장기수들을 만나 오고 계신다고요. 교도관들에게도 아무개 사형수는 뭐 좋아하냐고 묻곤 하신다는 것도요. 그래서 맛있는 거 얻어먹고 싶으면 괜히 짜증 내지 말고 묻는 거 잘 대답하라고 해요."

"제가 너무 귀찮게 하는 건 아닌지 모르겠습니다."

"그, 그런 뜻으로 말씀드린 게 아닙니다. 저야 어디 다른 사형수들 어떤 음식을 좋아하는지만 말씀드리고 싶겠습니까? 그냥 이런저런 얘기도……."

석태가 쭈뼛거렸다.

"무슨 얘기가 하고 싶으신가요? 왜요, 하시면 되죠?"

"그게…… 살아온 삶이 이렇다 보니 무슨 말을 하다 보면 항상 제가 저지른 범죄 얘기로 끝나곤 해요. 죄책감을 좀 면해 보려고 다른 사형수들 얘기를 해도 뒷맛이 씁쓸하긴 마찬가지예요. 그놈이 그놈이니까……."

"다른 분들도 그래요. 시원하게 말하고, 후회하고, 뉘우치는 분들도 있어요. 많진 않지만……. 또 모르죠. 사람 맘속은 들여다볼 수 없으니까요."

"여기 교도관 중에 한 분은 요리사님이 사람 맘도 읽는다고 믿고 계시던데요?"

"제가요? 에이……. 가족 마음도 잘 모르는 사람이……."

경호가 말끝을 흐렸다.

"교도관 말이, 아무개 식성을 물었는데 잘 모르겠다고 했더니, 어떤 사건의 누구 아니냐고 하시면서 돌아가셨다가 곰탕을 준비해 오셨다는 얘길 무슨 무용담처럼 하시던 걸요?"

"아, 그거요? 그냥 넘겨짚은 겁니다. 모친 고향이 곰탕으로 유명한 곳이더라고요. 다른 사람한테는 짐승이나 다름없었지만 모친만큼은 끔찍이 아끼던 사람이라니까……. 모친과 연관된 건 다 좋아 보이지 않을까 해서, 그렇게 준비해 갔더니 다른 사람에겐 얘기하지 않던 사실 하나를 알려 주더라고요."

"네? 그게 뭔데요?"

"도주 중 붙잡힌 게 곰탕집을 찾다가 그랬대요."

"그래요? 대단한 얘깃거리도 아닌 것 같은데, 왜 여태껏 말하지 않았을까요?"

"아마도 자신의 범죄와 어머니를 연결 짓고 싶지는 않았던 거겠죠."

"그런 사연이……. 하여간 저희도 소소한 얘깃거리가 생겼습니다. 이 이름표를 붙인 사람들 주변엔 다른 사람들은 잘 오질 않아요. 아시겠지만, 운동 시간에 햇볕 쬐며 저희끼리 무슨 얘길 하겠습니까? 얻어먹은 특별식 얘기뿐이죠. 그리고 넌 뭐가 먹고 싶냐고 묻곤 해요. 참 염치없게…….”

석태는 고개를 떨궜다.

“제가 도시락을 좀 싸 봤어요. 지난번에 생일 밥을 한 번도 못 먹었다는 얘기가 숙제처럼 남아 있었어요. 노인네 숙제 하나 해결합시다. 어때요?”

“저 같은 게 어떻게 이런…….”

석태가 고개를 조아렸다.

“밥 먹는 데 무슨 자격이 필요하겠습니까? 천천히 드세요. 이래봬도 교도관이며 다른 수형자들에게 물어물어 고석태 씨 먹고 싶어 할 거로 좀 만들어 본 겁니다. 입맛에 맞을지 모르겠어요.”

“저처럼 흉악한 놈이 어떻게 이런 훌륭한 밥상을 받는답니까!”

“전, 법은 잘 몰라요. 그냥 누군가 세상에 태어났으면 최소한 한번쯤 생일상 얻어먹을 자격이 있다는 정도만 알아요. 제가 세상에 진 빚이 무겁기도 하고, 마침 음식 만드는 재주가 좀 있으니 최소한의 것만 하자는 겁니다. 그리 자청한 겁니다. 너무 미안해하거나, 고마워할 필요도 없습니다. 그냥 맛있게 먹어 줘요. 그러면 돼요. 내 건강이 허락하면 다시 한번 더…….”

그때 가족 접견실 한편에 있던 TV에서 정부가 사형 집행을 재개할지도 모른다는 보도가 흘러나왔다. 뒤통수로 들은 석태도 표정이 잿빛으로 굳어졌다.

법무부 장관실로 비서가 서류를 들고 들어왔다. 임 장관은 봉인된 서류를 열어 확인한 후에 환한 미소를 지었다. 바로 휴대폰을 꺼내 들었다.

"강 수석, 나야. 방금 여론 조사 결과가 나왔는데…….."

[이번 폭로 여파도 반영된 결관가? 좀 어때?]

"소폭 올랐어. 여전히 정부를 신뢰하진 않으니까……. 그래도 좋아 보이는 게 지지층이 2, 30대에 형성되어 있다는 거야. SNS 주 활동층이잖아? 눈에 보이지 않는 찬성은 이 숫자를 훨씬 상향할 걸로 기대해도 될 거야. 게다가 고 기자가 계속해서 폭로할 거라 기대하는 층이 실제로 집행할 거라는 쪽으로 기울어지고 있었거든. 그 결과까지 반영되면 지지율은 조금 더 오를 거야. 더 지켜봐야지. 물론 여기에 기름을 붓는 역할은 자네에게 양보해 주지. 어때?"

[생각 많이 해 주십니다, 장관님! 이미 움직인 지 오래됐습니다.]

"그럴 줄 알았지!"

[그런데 혹시 고 기자, 임 장관이 연출한 거야?]

"……이제부터는 모두 하늘의 뜻이야. 우린 그저 힘을 보태는 것뿐이고. ……그리해 줄 거지?"

[걱정 말라고!]

"부탁한다. 그리고 여론 조사 결과 보내 줄 테니 대통령님께도

보고해 주고. 나는 시기가 적절한지 더 살펴보고, 또 필요한 조사
가 완결되면 바로 찾아뵙겠다고 말씀드려 줘."

[우리 팀 활약도 지켜봐 주라. 수고해라!]

제작비의 어려움이 있던 C 방송국에선 인기 프로인 〈심야토
론〉 시간에 고상구 기자를 단독 패널로 하는 특별 편성 방송을 내
보냈다. 승진하면서 마이크를 내려놓은 부사장이 다시 한번 진행
자로 나서고 있었다.

"어렵게 모셨습니다. 요즘 핫하시죠? 저희에게만 특별히 해 주실
말씀이 있다고 하셔서 모셨습니다. 매일정치의 고상구 기잡니다."

"고상구 기잡니다. 추가 취재한 사실이 하나 더 있어서 찾아뵙
게 됐습니다. 이 시간을 통해 처음 말씀드리는데요, 이 세 사형수
에겐 공통점이 하나 더 있습니다. 판결이 뒤집어질 가능성이 제로
에 수렴한다는 겁니다. 반성하거나 뉘우치지 않는다는 것도 그렇
고요."

"그렇군요. 그런데 궁금한 게 하나 있습니다. 다른 두 사건은 방
송에서 재현도 하고 많이 다루고 있는데 사이비 종교 살해 암매장
사건은 별다른 언급이 없습니다. 혹시 어떤 압력 같은 것이 있었
을까요?"

"아닐 겁니다. 그럴 리가요! 다만 다른 사건들은 증언을 토대로

사건을 하나로 구성할 필요가 있었던 거고요, 암매장 사건은 그들 스스로 직접 촬영한 영상이 복구되어 증거로 남았기 때문에 그럴 필요가 없었을 겁니다. 너무 명확한 거죠."

"아, 그렇군요! 제가 요즘 들리는 궁금증을 대신 질문해 본 거였습니다. 그러면 이번 기회를 통해 더 하실 말씀이 있을까요?"

"네. 제가 말씀드리고 싶은 건, 이들이 모두 사형당해 마땅하다는 걸 재차 확인하려는 게 아닙니다. 그런 건 사법부에서 이미 판단한 문제이니까요. 다만 앞서 설명한 점들만 보더라도 정부는 이들을 교수대에 세울 의지를 충분히 보여 줬다고 말할 수 있다는 것입니다."

대통령은 궁금했는지 임 장관을 불러 요 며칠 동안의 추이에 관해 물었다.

"강 수석한테 보고받았어요. 지지율이 긍정적으로 움직이고 있다고? 사형 집행을 재개하겠다는 것 때문에 그런 것 같다고?"

"그것 말고 또 있겠습니까?"

"……하긴 그래요. 그런데 사형 집행을 재개한 것 때문인지, 극악 범죄에 대한 정부의 강경 대응 때문인지는 확실치 않잖소?"

"같은 맥락일 겁니다. 강경 대응 쪽 사람들이 사형 집행도 찬성하지 않겠습니까? 다만 튕겨 나가지 않게 단계적으로 실행에 옮겨야지요."

"어떻게요? 이제 좀 알려 줄 때도 되지 않았소?"

"우선 목표 설정이 중요합니다. 지금 지지율로는 선거에서 참패할 겁니다. 정권을 재창출할 수 있을 정도의 지지율이 필요합니다."

"맞아요! 이거 원, 대통령이 옷 한 벌 입으려고 해도 국민 눈치를 봐야 하니…… 프랑스 공식 방문이 얼마 안 남았는데 거지꼴로 갈 수는 없잖아요!"

"정권 재창출에 실패하면 문제는 그 정도에서 끝나지 않을 겁니다."

"그런데 사형수 하나 매단다고 지지율이 원하는 만큼 올라갈까요?"

"그건 원재료고 양념을 좀 쳐야겠지요."

"답답합니다. 좀 구체적으로 알려 줘요."

"곧 있으면 강현태에게 사형이 선고될 겁니다."

"벌써? 누가 그래요?"

"말씀드렸다시피 그건 중요하지 않습니다. 강현태 사형 선고까지 논란을 끌고 가야 합니다. 그래야 선거 때 영향을 줄 수 있습니다. 우선 여론을 천천히 달굴 생각입니다. 정부는 극악 범죄에 대처하기 위해 어쩔 수 없이 강행한다는 점과 집행에 임해 최대한 인도적인 방법을 고심했다는 인상을 동시에 줄 수 있어야 합니다. 그래서 전에도 말씀드린 바와 같이 집행 전후로 '그림'을 활용할 겁니다."

"그림, 생각대로 잘 나올까요?"

"자세한 건 곧 위원들이 다 모이면 그때 설명해 드리도록 하겠습니다."

"아, 그런데 사형수들이 먼저 공개돼도 괜찮아요? 그 잘린 기자 놈이 폭로한 거 말이에요. 언론에서 계속 파고들다가 뭔가 문제라도 찾게 되면 중도에 멈추게 되는 건 아니냔 거예요. 그럼 아예 하지 않은 것만 못할 텐데……."

"가짜 정보를 흘린 겁니다."

임 장관이 아무런 표정 변화 없이 담담히 대답했고, 대통령은 그런 그를 보며 서늘함을 느꼈다.

"왜요? 왜 굳이 가짜 명단을 흘립니까?"

"대통령님 말씀처럼 이 프로젝트는 중도에 멈춰 서면 절대 안됩니다. 그리고 후폭풍 역시 조심해야 합니다. 선거까지는 아직 시간이 남아 있습니다. 제가 흘린 사형수들은 극악하긴 하지만 사형을 집행하기에는 다소 결격사유들이 있습니다.

피해자 유가족들의 용서를 받아 냈다든지, 물적 증거보다는 증언에 의지한다든지, 법률적으로 여전히 다툼이 있다든지 하는 구

명이 있는 거죠. 제가 흘린 사형수들의 경우를 언론에선 파고들 겁니다. 그리고 이런저런 문제로 사형을 집행하기엔 부족하다 할 것이고요. 이를 대비해서 제가 직접 문제점이 없는 후보군을 선정해 놨습니다. 이 중 한 사람을 극철위에서 선정하면 절차상으로도 문제없고, 후폭풍에서도 자유로운 사형 집행이 가능하단 게, 제 생각입니다."

"그, 그렇군요."

대통령은 임 장관의 치밀함에 다시 한번 한기를 느꼈다. 그리고 동시에 자신 안에서 일어나는 따뜻한 온기도 느낄 수 있었다. 아마도 이 치밀함이 내 편이라는 생각 때문일 것이다.

시민·인권 단체가 대규모 시위를 예고했다. 이에 청와대는 오히려 호의적인 모양새를 취했다. 청와대 앞까지 시위대의 행진을 허락하는 전향적인 반응을 보인 것이다. 시위대는 경찰기동대가 한 명도 없는 길을 오히려 교통경찰의 통제를 받으며 행진했다. 그러나 활짝 열린 청와대 정문 앞에서 시위대는 멈춰 서야만 했다. 그 앞을 네댓 명의 극악 범죄 피해자 유족들이 초라한 피켓을 들고 막아섰기 때문이다. 진입을 단념한 시민·인권 단체 관계자가 메가폰으로 목청을 높일 때 청와대 안에서 앰프와 마이크를 내왔다. 그리고 최행 비서실장이 직접 나와 시위대에게 물수건과

음료수를 제공했다. 최 비서실장의 유난히 하얗고 성긴 머리와 걷어 올린 노쇠한 팔뚝이 클로즈업되었다. 시위대는 그렇게 두어 시간 구호를 외치다가 맥없이 광화문으로 돌아갔고, 도착한 곳엔 청와대에서 보낸 생수와 라면이 천막 앞에 준비되어 있었다. 그 천막 중 한 곳에서 강 수석이 시위대를 기다렸다. 강 수석은 대통령도 '어쩔 수 없는' 고육지책이었다는 얘기만을 짧게 전하고 조용히 천막을 빠져나왔다.

청와대로 복귀한 강 수석은 곧바로 대통령 집무실로 향했고, 집무실 앞에서야 아까의 그 낡은 표정을 벗어던졌다. 청와대 정문을 통과하고 실내로 들어설 때까지도 천막에서의 그 '어쩔 수 없다는 표정'을 가지고 돌아온 것이다.

강 수석은 정부가 들어설 때부터 그 어떤 프로젝트도 시원하게 추진되지 못한 것이 늘 불만이었다. 운 좋게 야당이나 여론이 제동을 걸지 않으면, 대통령의 우유부단함이 걸림돌이 되었다. 공하나 시원하게 못 던지고 자책점만 쌓은 투수의 심정이랄까?

그런데 이번 일은 드디어 전공에 가까운 일을 맡게 된 것이다. 국민 소통, 강 수석의 오늘을 만들어 준 전공 분야이다. 잘만 하면 인상적인 반전의 주연은 자신이 될 수도 있을 것 같았다. 마지막에 사형 제도가 완전 폐지된다면, 그 일등 공신은 사형 집행을 묵인한 대통령도, 극철위의 위원장으로 집행을 승인한 임 장관도 아닌, 극철위를 감사하고 시민·인권 단체들과의 가교 역할을 담당한 자신이 가장 유력할 거라 생각하기 때문이다. 페르소나는 얼마든지 준비되어 있고 적절한 연기력도 물이 올라 있다고 스스로 자신하고 있었다.

대통령 집무실 중앙을 차지하고 있는 원형 테이블에는 주인들이 자리를 차지하고 있었다. 임동수 법무부 장관, 정두영 교정본부장과 허태수 특임교정기획관, 백순호 국가인권위원회 위원장과 이명호 국가인권위원회 법률자문 상임위원이 배석했다. 강 수석의 자리엔 대통령이 앉아 있었다.

늦게 도착한 강 수석이 대통령에게 인사하자 "난, 여기 없는 걸로……."라는 대답이 돌아왔다. 강 수석은 인사말을 대신해 자리에 없는 두 사람에 관해 물었다.

"기자와 시민위원은 아직……?"

임 장관이 위원장으로서 대답했다.

"아닙니다. 극철위 참여 의사는 확인받았습니다. 다만 기자와 시민위원에게는 공개와 비공개를 구분할 생각입니다. 그들도 참석하는 쇼원도 회의는 다른 곳에서 할 겁니다. 대본도 따로 준비하고요. 이 사실은 우리끼리만 압시다, 우리끼리만."

임 장관이 주위를 둘러보며 당부하듯 고개를 끄덕여 동의를 구했다. 강 수석도 고개를 끄덕이며 등받이가 없는 간이 의자를 가져와 앉았다. 회의에 앞서 정부의 지지율 추이가 적힌 종이가 조용히 돌려졌다. 이를 확인한 위원들의 입꼬리가 올라갔다. 임 장관부터 짧게 자기소개를 했다. 소개가 끝나자 임 장관이 나지막이 회의 시작을 알렸다.

"사형 집행 대상 후보군이 선정되었습니다."

이 한마디로 위원회는 제대로 얼어붙었다.

요리사 X

서울구치소. 법무부 차량에서 내린 사람은 황토색 수형복에 빨간 이름표를 부착한 김근우였다. 1996년 당시 27세의 나이로 존속과 경찰관 살해의 죄명으로 사형을 선고받았다. 근우는 담담하게 낯선 구치소를 둘러보다가 이내 표정을 바꿔 불량한 미소를 지었다.

같은 날, 대구교도소에도 법무부 차량이 사형수를 한 명을 내려놓았다. 이기수. 1992년 당시 35세로 수학 전공의 명민한 대학교수였던 그는 연쇄 살해의 죄명으로 사형을 선고받았다. 기수는 폐 깊숙이 공기를 들이고는 해맑게 웃으며 주변을 살펴봤다.

이틀 후. 광주교도소로 사형수 신재형이 이감되었다. 1998년 당시 21세로 공업사 기능공으로 일하던 중 잔인한 방법으로 강도, 살해한 죄로 사형을 선고받았다. 그는 낯선 교도소에는 별 관심이 없는 것 같았다.

　대통령 집무실. 정두영 교정본부장이 번호가 붙은 서류 봉투 세 개를 테이블에 올려놓았다. 위원들의 시선이 자연스레 테이블 옆에 놓인 세 개의 카트로도 쏠렸다. 카트에도 봉투와 같은 번호가 붙어 있었다. 카트마다 재판 관련 서류를 비롯한 참고 자료들이 수북이 쌓여 있었다. 임 장관이 회의를 진행했다.

　"최종 선정은 말씀드린 바와 같이 인권위원회에서 맡아 주세요. 검토가 끝나면 바로 알려 주시고요. 그리고……."

　"그냥 임 장관이 선정하면 안 돼요? 꼭 이런 절차를 밟아야 하나요?"

　지금 여기에 없다던 대통령이 궁금하다는 표정으로 끼어들었다.

　"아무리 사형수라지만 법무부에서 선정하고 법무부 장관이 대상을 뽑는다면 그냥 한 사람을 지목하는 것과 다르지 않습니다. 법무부에서 신중하게 후보군을 선정했으니, 인권위원회에서 인권이란 필터로 다시 한번 숙고해 주신다면 크게 실수하지 않으리라 생각합니다."

　대통령이 입을 닫는 시늉을 하고는 긍정의 끄덕임으로 답했다.

　"집행 현장에선 어떻게 준비되고 있습니까?"

　임 법무부 장관이 추상같은 질문을 던졌고, 정 교정본부장이 차분하게 발언권을 이어받았다.

"사형 집행이 중지된 지 20년이 넘었습니다. 그래서 집행 과정이나 세부 규정의 수정이 불가피했습니다. 사형 집행을 경험한 연출 담당 교도관들도 거의 없고……."

"연출이라뇨?"

여전히 여기에 없다는, 대통령이 다시 한번 궁금하다는 표정으로 물었다.

"사형수를 사형장까지 호송하는 걸 '연출'이라고 합니다. 이번엔 특히 마지막 식사가 집행 전날 저녁 식사로 제공될 예정이어서, 임시수용실에서 만 이틀을 함께 보내고, 당일 새벽 사형장으로 인도할 교도관들이 필요한 겁니다. 이들을 연출 담당 교도관, 그러니까 연출교도관이라고 부르고 있습니다."

대통령이 미안했는지 설명을 들으며 고개를 경박하게 주억거렸다.

"임시수용실은 이번 일의 중요한 무대가 되는 곳입니다. 아니, 배경이라고 해 두죠. 각별히 신경 써 주시고요, 계속 부탁드립니다."

임 장관이 추가 주문을 넣었다.

"네, 알겠습니다. 사형장은 전국에 모두 세 곳입니다. 만약을 대비해 이 세 곳 모두에 집행을 도울 교도관들을 배치했습니다. 그리고 현재 사형수들이 생활하는 미결수용실이……."

"미결수용실이요? 기결수용실이 아니고요?"

공학 전공인 '있는 듯 없다던' 대통령에게서 나올 법한 질문이었다.

"사형수는 사형 집행으로 기결이 되는 겁니다. 살아 있을 때는 미결숩니다."

이번에도 대통령은 잔망스레 고개를 끄덕였고, 다시 설명이 이어졌다.

사형 집행 대상자는 집행 전에 사진 촬영과 건강검진을 반드시 받아야 하는데, 대상자만 불러 검진하면 대상 사형수가 눈치를 채니까 전국의 모든 사형수가 동시에 건강검진을 받을 예정이라 말했다. 전국의 사형수들은 이 건강검진을 전후로 이미 매달린 시체처럼 잿빛 표정이 되어 긴장의 시간을 보낼 것이란 건 쉽게 추측할 수 있었다.

"그래도 싸요. 형벌 차원에서 그런 건 좀 자주 해도 돼요. 나쁜 놈들!"

없는 걸로 해 달라던 대통령이 또 한번 껴들었다.

"검진 결과가 나오면 5, 6일 이내에 사형이 집행되는데, 집행 이틀 전 사형수를 먼저 임시수용실로 이감시키고, 그곳에서 사형수가 원하는 마지막 식사의 메뉴를 묻게 됩니다. 그 순간부터 사형수와 교정기획관, 신문기자, 시민위원 그리고 네 명의 연출교도관까지, 이렇게 여덟 명은 집행 당일 새벽까지 함께하게 되는 겁니다.

그리고 당일 새벽, 다른 수형자들이 깨기 전 사형수는 외모를 단정히 하고, 임시수용실을 나서서 사형장으로 이동하게 됩니다. 세 곳 사형장 모두 사형장으로 가는 길은 평소 야외 체육 활동을 하던 운동장이나 건강검진을 하러 가는 보건실로 가는 일상적인 길과 경로가 비슷합니다. 다만 운동장이나 보건실로 가는 진입로 직전에 옆으로 새는 샛길이 하나 있는데, 이곳에서 방향을 꺾으면 사형장으로 향하게 되는 겁니다. 예전부터 수형자들은 이곳을 '지옥 삼거리'라고 불렀습니다.

지옥 삼거리에서 마흔 걸음을 채 못 간 곳에 목구조로 된 단층 건물이 바로 사형장입니다. 세 곳 모두 같은 도면으로 건축했습니다. 운동장으로 가는 길에서 불과 30여 미터 밖에 있지만, 감시탑을 제외하면 그 어느 곳에서도 잘 보이지 않는 곳에 있습니다. 교도관들이 흔히 하는 얘기로, 사형수들이 야외 활동을 하러 운동장에 나오면 하늘 어느 곳 막연한 지점을 응시하곤 한다는데, 바로 그곳 아래에 사형장이 있다고 보시면 되겠습니다.

사형장에 도착한 사형수는 바로 교수대 위로 올라가고 이름과 범죄 내용, 사형 선고 사실을 확인하게 됩니다. 그리고 사형수가 원하는 종교 의식을 치르고 유언을 남기면 집행 개시를 알리는 첫 번째 빨간불이 켜집니다.

사형수는 '용수'라고 부르는 검은 두건을 쓴 채로 자리에 위치하게 되고, 주위로 검은 커튼을 칩니다. 그리고 커튼을 쳤던 교도관까지 모두 다섯 명의 연출교도관이 벽 뒤로 가서 각자 버튼 앞에 섭니다.

두 번째 빨간불이 켜지면 연출교도관들은 버튼을 누르는데, 2, 3초 후 사형수의 발판이 열리면서 교수형이 집행되는 겁니다. 교도관들은 누구의 버튼에 의해 작동된 것인지를 알지 못합니다. 죄의식을 줄여 주기 위한 겁니다.

충분한 시간이 흐른 뒤 커튼을 열고 시체를 내려 의사가 사망을 확인하면 집행 완료를 보고하게 됩니다. 장기 기증을 신청한 사형수 이외의 시신은 교도소 내 종교 회원들이 거둬 24시간 후에 가족에게 인계하거나, 무연고자는 자체적으로 장례 절차를 밟는 걸로 모든 절차를 마치게 되는 겁니다."

임 장관이 발언권을 이어받았다.

"모든 절차가 끝나면 저희 극철위에서 최종 검토한 후 언론에 공개할 생각입니다. 기사를 검수할지 말지는 아직 결정하지 못했습니다."

없던 대통령이 아예 결정권자로 나섰다.

"내버려 두세요. 나중에 말 나와요. 기자가 봐선 안 되는 걸 보여 주지 않으면 심한 소설이야 쓰지 못할 거 아닙니까? 말씀하신 것처럼 기자는 사형장에는 데려가지 마시고, 기사는 그냥 놔두세요."

"그렇게 하겠습니다."

"마지막 식사는 누가, 어떻게 준비합니까? 그림이 잘 나와야 여론을 호의적인 방향으로 이끌 수 있을 거 아녜요? 저쪽 사람들도 조금 누그러트릴 수 있고요."

"교정본붑니다. 연출 과정과 식사 준비에 관한 세부 사항은 모두 여기 허태수 특임교정기획관이 지휘할 겁니다."

정 교정본부장에게 소개받은 허태수 특임교정기획관이 자리에서 일어서려 했다.

"아, 아, 여긴 그런 자리 아니에요. 그냥 앉아서 말씀해 주세요. 내가 듣기로는 97년 마지막 사형 집행에도 참여했었다고 들었습니다. 그렇죠?"

허 기획관이 다시 자리에 앉으며 대답했다.

"네, 그렇습니다. 이미 교정기획관을 정년퇴직했습니다. 전직입니다. 그것도 한참 되었습니다. 정두영 교정본부장 요청으로 이번 일에 참여하게 되었습니다."

정 교정본부장은 허 기획관이 재임 시절 맡은 업무 탓에 사형수들을 대부분 잘 파악하고 있어서 간곡히 청했다고 설명했다. 대통령이 하얀 미소를 보였다.

"그렇군요. 감사합니다. 본인 역할에 대해서도 자세히 설명 부탁드립니다."

허 기획관은 자신의 역할을 머릿속에 떠올리며 브리핑했다.

"집행명령이 내려지면 연출교도관들을 인솔해 미결수용실로 가서 사형수를 집행 전까지 머물 임시수용실로 전방시킵니다. 그리고 그곳에서 사형수에게 마지막 식사를 묻게 됩니다. 사형수는 먹고 싶은 음식을 주문할 수도 있고, 당국에서 주는 자유식을 먹을 수도 있습니다. 주문식일 경우 일정 비용을 초과하거나, 주류이거나, 준비하는 데 시간이 오래 걸리는 건 불가하다고 고지합니다. 하지만 그 이외에 건 꼼꼼히 듣고 사형수가 원하는 음식을 마련할 수 있도록 최선을 다할 계획입니다."

"가격 제한이 있습니까?"

"7만 5천 원입니다."

"왜, 좀 더 쓰지 그랬어요? 살아서 마지막 식산데."

"과해도 여론이 좋지 않을 거 같아서 그 정도로 책정했습니다. 그 정도면 꽤 큰 스테이크 한 덩어리도 먹을 수 있습니다."

"그 외엔 더 제공되는 건 없나요?"

결정에 관여했던 임 장관이 거들었다.

"물 이외에도 요청하는 음료수나, 흡연자라면 담배도 지급할 계획입니다. 건강 생각하지 않고 태울 기회니까요."

강 수석이 작게 '허, 부럽네!' 하는 소리를 듣고 대통령이 장난스럽게 웃었다.

"마지막 식사가 인도적인 배려가 깃든 그림이 될 수 있도록 다른 부분에서 비용을 들일 계획입니다. 보안 때문이라도 식당을 대신할 수 있도록 버스를 개조한 이동식 주방을 세 대 편성할 겁니다. 그리고 요리사는 강 수석이 알아볼……."

허 기획관이 강 수석을 슬쩍 돌아봤다가 후회했다. 강 수석은 누구와도 눈을 마주치지 못하는 난처한 표정으로 허공에 대고 대답했다.

"그, 그게…… 좀, 문제가 있습니다. 요리사들이 제안을 거절하고 있습니다. 방금도 호텔 요리사들을 몇 사람 만나고 오는 길입니다. 요리사들이 하나 같이 자신의 음식을 먹은 사람이 곧 죽을 거란 대목에서 아연실색하는 겁니다. 건강을 떠올려야 할 자기 음식이 마치 극약처럼 느껴질 거라면서요. 방금 만나고 온 사람은 자기 요리가 사형수 몸 안에서 함께 심판받는 느낌이 들 거라고 하더라고요. 다른 요리사들도 마찬가지일 거라고 하면서……."

"문과네, 문과야!"

대통령이 혀를 찼다. 강 수석은 대통령 앞에서 면이 서지 않는다고 생각했는지 즉흥적으로 제안했다.

"그건 아무래도 핑계 같습니다. 사형 집행에 참여하지 않으려고 하는……. 위원장님, 그냥 군부대에서 실력 있는 친구들로 섭

외해 보면 어떨까요? 멘털이 강한 사람이면 더 좋고요."

하지만 대답은 이번에도 대통령이 했다.

"글쎄, 좀 아쉬울 것 같은데……."

"제 생각에도 좀……. 마지막 식사는 대중들이 차가운 올가미를 떠올리지 못하게 하는 하나의 장치인데 말입니다. 자신의 의견이 덜 잔인한 쪽으로 인식될 수 있도록 고안된 거죠. 그러기 위해선……."

임 장관도 아쉽다는 느낌을 지울 수 없는 것 같았다. 아끼는 차량에 부품을 교체하는데, 정품을 쓰지 못하는 게 이와 비슷한 느낌이 아닐까?

이때 허 기획관이 손을 들어 발언권을 얻으려 했다. 모두 허 기획관을 쳐다본 건 당연한 일이다. 대통령이 공손하게 발언을 허락했다.

"제게 추천할 만한 사람이 한 사람 있긴 합니다만……."

대통령이 누구냐고 묻자, 허 기획관은 먼저 본인 생각을 들어야 할 것 같다며 통화를 할 수 있느냐고 되물었다. 대통령은 고개를 끄덕였다. 허 기획관은 그 자리에서 누군가에게 전화를 걸어 한참 동안 취지를 설명했다. 그는 잠시 전화를 끊고 테이블 위에 올려놓았다. 대통령을 포함한 위원들은 한마디도 거들지 못했다. 허 기획관도 이렇다 설명할 말이 없다고 생각했는지 휴대폰만 쳐다볼 뿐이었다.

잠시 티타임을 가지려던 그때 벨 소리가 울렸다. 반갑게 전화를 받아 든 허 기획관은 말없이 듣기만 했다. 그러더니 휴대폰을 여전히 귀에 댄 채 좌중을 향해 얘기를 전했다.

"조건이 있답니다."

"조건이요? 뭐랍니까?"

"그대로 전하겠습니다. 말씀해 주세요. ……하나, 신상 정보는 절대 비밀로 해 줄 것. ……둘, 모든 취재 요청과 그 시도로부터 보호해 줄 것. ……셋, 마지막 식사 이틀 전에는 사형수의 신상에 대해 알려 줄 것. 이는 요리를 시식하는 자에게 가장 적당한 것으로 마련하기 위한 거라는데요? ……단, 보안 서약은 하겠음. ……넷, 요리는 요리사 재량에 맡길 것. 단, 독성 검사는 해도 좋음. ……다섯, 사형수의 식사 후 소감을 알려 줄 것. 요리사 본분에 관한 것임. ……여섯, 보수 없이 재능 기부로 해 줄 것. ……이상입니다."

허 기획관은 임 장관을 쳐다봤다. 임 장관이 다른 위원들을 보면서 긍정의 의미로 고개를 끄덕이자 위원들도 미소를 지어 보였다. 이번에도 대통령이 대신 대답했다.

"감사하다고 전해 주세요."

허 기획관은 감사의 인사를 전한 후 전화를 끊고 방금 통화한 사람에 대해 설명했다.

"다들 아실 만한 해외 유명 호텔에서 오랫동안 수석 셰프를 맡았던 유능한 사람입니다. 이점 적극적으로 홍보할 수 없다는 점에서 매우 아쉽지만, 비밀로 해 달라는 이유는 조금 알고 있습니다. 젊었을 때 떨어져 지내던 아들을 병으로 여의었습니다. 아내가 그 뒤를 따라서 갔고요. 그 죄스러움으로 일을 그만둔 걸로 알고 있습니다. 그 뒤로 전국 구치소에서 자원봉사를 해 오던 터라 인연이 되어 알고 지내고 있습니다. 위원장님께는 인적 사항을 알려 드리도록 하겠습니다."

"뭐, 중요하겠어요? 해 주면 저희야 감사한 거죠. 그런데 그분을 뭐라고 부르면 되죠? 비밀로 해 달라니……."

대통령이 호칭을 물었다.

"사형수의 주방장, 어때요?"

강 수석의 의견은 핀잔을 들었고, 대화는 본질에서 조금 비켜 가기 시작했다.

"그건 좀 코믹하고 괴기스럽잖아요? ……지옥 삼거리 마지막 주방장은 어때요?"

"좀 긴데요?"

"그냥 요리사, 요리사 X라고 부르시면……?"

허 기획관의 의견이었다.

"요리사 X가 좋겠어요. 요리사 X. 꼭 우리 프로젝트 같기도 하고. 그럼, 모든 준비가 다 잘 진행되는 걸로 알고 있겠습니다. 잘 부탁합니다. 다음에 봅시다."

일어서 나가려는 대통령의 등 뒤로 임 장관이 묵직한 질문을 던졌다.

"대통령님, 지금까지는 준비 단계였습니다. 최종 결정은 내려지지 않았습니다."

대통령은 문 앞에서 잠시 멈춰 섰다가 뒤돌아보지도 않고 한마디 남긴 후 그대로 나가 버렸다.

"난 여기에 없던 걸로……."

임 장관이 대통령이 앉았던 자리에 앉아 짧게 한숨을 내뱉었다. 그리고 나지막이 말했다.

"총선은 대통령 지지율로 치르는 겁니다. 우리 쪽 국회의원이라도 좀 있어야 정권이 바뀌어도 검찰 불려 다니지 않을 수 있어요. 권력 이양도 힘 있는 상태에서 한 것과 그렇지 못한 건, 하늘과 땅 차입니다. 저는 이 일, 저를 위해 하는 겁니다. 저는 죽기 살기로 이번 일에 매달릴 생각입니다. 이제 임무는 시작되었고, 되돌릴 수 없습니다. 오늘 회의한 내용들은 바로 실행에 옮겨 주세요. 국가인권위원회에서 대상자를 지명하면 사형 집행은 신속하게 진행될 겁니다."

광화문 광장은 두 진영으로 갈라져 있다.

'사형은 복수다!'라고 적힌 대형 플래카드가 있는 쪽은 한국엠네스티를 중심으로 시민·인권 단체들의 천막들이 병영 막사처럼 줄 맞춰 있었다. 그 주변에서는 체계적인 시스템 아래 군데군데 1인 피케팅이 배치되었다. 마치 잘 계획된 아파트 단지 적재적소에 고가의 조경수가 심어진 것처럼.

건너편 진영은 범죄피해유가족모임을 중심으로 한 몇몇 시민 단체들이 사형 집행을 찬성하고 있었다. 천막은 없었고 '사형수 먹여 살리자고 세금 내나요?'라고 쓰인 초라한 현수막 뒤에서 몇몇 유가족들이 태양을 피하고 있었다.

강 수석은 다시 한번 시민·인권 단체 연합의 천막을 방문했다. 마침 여러 인권 단체장이 모여 회의하고 있었다. 들어서는 임 장관을 알아본 단체장들이 그 좁은 공간에서도 재빠르게 구호를 외칠 대형으로 섰다. 누군 머리에 두를 빨간 머리띠를 찾았고, 어떤 이는 메가폰을 가져왔다. 그 와중에 기자 완장을 두른 사람이 카메라 셔터를 연신 눌러 댔다. 회원 하나가 메가폰을 입으로 가져가려 하자 강 수석이 선수를 쳤다.

"이러지들 마세요. 여론도 좀 들으세요! 정부도 국민 명령으로 이러는 겁니다. 사형수들 인권만 보지 마시고요, 피해자 가족도, 안전한 사회에서 살 권리를 주장하는 사람들도 인권이 있다, 이 말입니다! 그거 아세요? 사형수 60여 명에 의해 희생된 피해자는 200명을 훌쩍 넘긴다고요! 그것도요, 피해자 대부분은 우리가 상상도 못 할 잔인한 최후를 맞이했습니다. 우리와는 규모나 처우 면에서 비교도 안 될 만큼 척박한 러시아, 중국, 미국, 일본은 제쳐두고 왜 우리 정부만 비난합니까? 저희는 그래도 인도적인 방식을 지향하고 있습니다. 가장 고통이 적은 교수형을 선택한 것도 그렇고, 가족 면회라든지 본인이 희망하는 장례 절차도 고민하고 있다, 이겁니다. 그리고 마지막 식사도 정성을 다해서 제공할 겁니다. 이미 유명 호텔 요리사도 섭외 절차가 마무리 단계에 있습니다. 이래도 우리가 인권을 유린했다고 할 수 있겠습니까?"

카메라 뷰파인더에서 눈을 뗀 기자가 물었다.

"버, 벌써 시작되었군요?"

잠시 어리둥절하던 인권 단체 회원들이 기자의 말에 정신을 차리고 구호를 외치기 시작했다. 좁은 천막은 구호 소리로 찢어질 듯 팽팽해졌다. 도망치듯 천막을 벗어난 강 수석을 회원들이 집요하게 따라다니면서 구호를 외쳤다. 이에 질세라 길 반대편 스피커도 쩌렁쩌렁하게 울려 왔다. 회원들이 반사적으로 길 건너편을 보느라 방심한 사이, 강 수석은 길을 따라 뛰다가 한편에 대기해 있던 차량에 올랐다.

"여긴 됐어! 정태야, 바로 프레스센터로 가자!"

강 수석이 뒷좌석 깊숙이 허리를 찔러 넣으며 다리를 꼬았다.

"수석님, 제가 한 말씀 여쭤도 될까요?"

운전대를 잡은 보좌관 신정태가 룸미러를 보며 물었다.

"웬일이야! 입 무겁기로 두 번째 가라면 서러운 신정태가? 그래, 여쭤."

"정부에선 사형 집행 안 할 거처럼 발뺌하고, 아래에선 할 것처럼 군불을 때는 이유가 궁금해서요. 그러잖아도 아마추어 정부라고 맨날 비난하는데, 청와대와 정부 부처 간에 손발이 안 맞는 것처럼 보일 수도 있잖아요. 그런데 왜……?"

"어쭈, 제법인데! ……그럼, 한 수 가르쳐 주지. 내가 아침저녁으로 여론 동향을 들여다보잖니? 그게 왜겠어? 너 액셀 밟으면 RPM 올라가지? 그것처럼 내가 아래에서 사형 집행 정보를 흘리면 여론이 반응하거든. 한마디로 간 보는 거라고. 그 반응 감도가 최대치로 올라갈 때가 바로 방아쇠를 당길 때란 말씀이야. 효율을 최대로, 부작용은 최소로, 알겠니, 정태야?"

"옙"

"그런 의미에서, 액셀 좀 씨게 밟아라!"

강 수석이 말한 곳은 사람들에게 익히 알려진 세종로의 프레스 센터가 아니었다. 경기도 외곽, 유원지 한구석에 위치한 작은 식당은 해가 떨어진 평일에는 사람들 발걸음이 거의 없었다. 식당

주인은 초저녁부터 영업을 종료하고 예약 손님만 받고 있었다.

식당 안에는 이미 방송통신위원회 위원장을 비롯한 여당 추천 상임위원들과 공영방송사 사장, 몇몇 언론사 대표들이 술잔을 기울이고 있었다. 강 수석이 합류해 술잔이 몇 순배 돌아가자 대화는 자연스럽게 사형 집행에 관한 보도로 고정되었다.

방통위원장이 제 역할 때문인지 '사형 집행을 찬성하는 쪽과 그렇지 못한 쪽에 관한 균형 있는 언론 보도'란 말을 꺼냈지만, 이후의 대화 내용은 그렇게 균형을 걱정하는 건 아니었다. 강 수석이 제 앞에 놓인 다 찌그러진 냄비의 바닥을 긁으면서 푸념을 늘어놓았다.

"급박하게 돌아가고 있습니다. 대통령님도 걱정이 이만저만한 게 아닙니다. 무엇보다도 사형 집행 찬반에 관한 방송이 균형을 잘 잡아야 할 텐데……."

"두말하면 잔소리지요! 요즘 애들은 초까지 재면서 감시한다니까요!"

방통위원장이 제 갈치조림을 좀 덜어 주면서 강 수석의 말뜻에 동조했다.

"그럴 거예요. 일단 각각의 입장은 같은 분량으로 편성해 주세요. 방송 분량으론 누구도 이의를 제기할 수 없도록 말이죠. 그런데 아무래도 공영방송 쪽에선 정부 입장에 악센트를 좀 줘야 하는 거 아니겠어요? 인지상정으로다 말예요."

강 수석이 '멤버'들을 향해 넌지시 부탁 조로 말했다. 멤버. 강
수석이 식사 내내 그 자리에 모인 사람들을 지칭한 표현이었다.

"에이, 그랬다간 사고 나기 쉽습니다. 그보다는 집행 반대쪽과
찬성 쪽을 충실하게 방송하고 거기에 정부의 어쩔 수 없는 입장도
제3의 의견으로 형성되도록 하는 편이 좋을 겁니다."

"제 말이 바로 그겁니다! 차근히 접근하죠."

"반대쪽은 일단 이겁니다. 재판도 사람의 일이라 실수할 수 있
다는 거죠. 그리고 사형이 중범죄 예방에 도움이 되지 않는다는 연
구 결과와 사람 목숨을 빼앗는 사형이 인권에 크게 위배된다는 점
돕니다. 이 입장에 대한 우리 쪽 주장을 대응해 편성해야 합니다."

여당 추천 상임위원이 제 의견을 노골적으로 밝혔다. 한 언론사
대표가 살을 붙였다.

"찬성 쪽 주장은 다른 게 필요 없습니다. 지금 사형수들의 범죄
행위를 다시 수면 위로 끌어올리면 돼요. 여론은 피해자들 편으로
금방 돌아서게 될 겁니다."

"이미 많이 방송되고 있습니다. 강현태 사건도 그렇고, 앞으로
도 계속 편성될 예정입니다. 추가로 선진국 중에 사형 제도가 여
전히 실행되고 있는 상황을 다룰 예정입니다. 유럽 사형제 폐지국
들과 미국, 일본, 러시아, 중국과 같은 사형제 시행국들을 비교해

서 보여 줄 생각입니다."

공영방송사 사장이 현재 진행되고 있는 방송과 준비 중인 것에
관해서도 얘기했다.

"폐지국 보여 줄 때 강력 범죄 저지른 범죄자가 편안하게 수감
생활하는 모습을 보여 주면 어때요?"

강 수석은 아이디어가 많은 사람이었다. 바로 공영방송사 사장
의 동의를 얻어 냈다.

"좋은 생각입니다!"

"인권 진영 인터뷰할 때 미국 인권 운동가 하나 선택하면 어때
요? 시청자들이 자기 나라도 아직 사형하면서, 하는 생각을 할 텐
데요?"

상임위원이 낄낄대면서도 날카로운 제안을 했다. 바로 강 수석
의 찬사를 끌어냈다.

"위원님, 오늘 머리 쌩쌩 돕니다! 좋아요, 좋아!"

"인권이 존중받는 사형도 있다는 인식을 심어 주는 것도 필요
합니다. 깨끗한 옷을 입힌다던가 아니면 가족 면회를 진득하게 시
켜 준다든가 하는……."

그중 다소 지명도가 떨어지는 언론사 대표가 강 수석이 기다리
던 얘길 꺼냈다.

"대한민국 엘리트들은 여기 다 모였습니까? 좋은 생각이에요!

그 부분은 이미 준비 중입니다. 제가 신호 보내면 지원 사격 부탁 드립니다."

"방송사에다가 권고문을 보낼 생각입니다. 인권 단체의 인터뷰 요구 사항을 모두 들어주라고요. 그리고 유가족이나 피해자 가족들 인터뷰도 같은 분량으로 내보내 달라고 할 겁니다."

방통위원장이 자리를 정리할 만한 얘길 꺼내고 술잔을 들었다. 이에 강 수석이 당부 인사로 '멤버'들의 도움을 이끌어 냈다.

"역시, 위원장님은 깊이가 다르십니다. 그리고 제 생각을 하나 더 보태자면 이렇습니다. 지금 광화문 보면 인권 진영은 굉장히 체계적이에요. 좀 엘리트 스타일이라고 해야 할까요? 반면에 집행 찬성 쪽은 유가족들이 직접 나오거나 그나마 수도 적죠. 부끄럽다고 생각하거든요. 전 그게 반영되길 바랍니다. 피해자가 부끄러워야 할 거냔 거죠. 아무래도 여론은 약하고 도움이 필요한 쪽으로 붙으니까요. 또 그게 공정한 거고요. 반영해 주시면 감사하겠습니다. 제가 언제 극명한 그림이 될 수 있도록 기획 만들어 보겠습니다. 지금 논의된 사항은 철저히 비밀로 해 주시고요, 다음 선거 때까지 계속되었으면 합니다. 잘 부탁드리겠습니다. 대통령님 관심 사항입니다. 여러 멤버님들도요."

정두영 교정본부장은 서울구치소를 찾았다. 정 본부장은 사형장으로 접어드는 지옥 삼거리에서부터 강한 한기를 느꼈다. 그건 미리 모여 있던 연출교도관들도 마찬가지였던 것 같다. 그들은 두리번거리며 계속해서 팔등을 비벼 댔다. 입김을 뿜어 보는 교도관도 보였다. 그들도 평소 방문한 것과는 사뭇 다른 공기가 감돌고 있음을 느끼고 있었다. 사형 집행이 없던 지난 20여 년 동안에도 연출교도관이라는 보직은 승계되어 내려오고 있었지만, 단순히 사형장 청소 담당 정도로 인지되어 온 것도 사실이었다. 사형장으로 들어서는 정 본부장도 의연해 보이고 싶은 의지와는 다르게 제 입김을 확인하는 모습을 들키고 말았다.

"교정본부장이다. 이미 전달받았을 것으로 안다. 이제 오랫동안 이어지지 않았던 임무가 다시 시작되려 하고 있다. 우린 임무를 목숨처럼 수행해야 할 것이다! 일말의 감정도 끼어들 틈이 없다는 사실을 가슴 깊이 새겨 둬라! 오늘부터 예행연습에 들어간다. 이곳뿐만 아니라 다른 사형장에서도 동시에 실행될 것이다. 철저한 보안을 위해, 임무를 수행하는 사형장이나 그렇지 않은 곳이나 동시에 같은 스케줄로 움직인다는 뜻이다. 마지막으로 당부하겠다. 철저한 보안, 감정을 배제한 확실한 임무 수행. 이 두 가지를 국가는 자네들에게 요구하고 있다. 알겠나?"

"옙!"

정 본부장은 직접 연출교도관의 예행연습을 지휘했다. 직접 사형수 역할을 맡으며 비어 있는 가상의 임시수용실과 사형장을 오가며 명령 하달 시점부터 시신 처리까지 실제적인 연습에 들어갔다. 그 과정에서 몇몇 불합리하고 매끄럽지 못한 기존 관행들이 수정되기도 했다. 이에 따라 사형 집행 후 연출교도관들에게 정신과 전문의 상담과 3일간의 휴식이 필요하다는 의견도 이 과정에서 나왔다. 느슨하더라도 발에 사슬을 매어 두고 왼손 정도는 침상에 고정해 놔야 한다는 의견과 사형수를 위한 임시수용실의 화장실이 서양의 것처럼 개방되어야 한다는 의견도 나왔다. 정 본부장은 초시계까지 동원해 이 모든 과정을 지켜보면서 개선 사항은 즉각 메모했다. 정 본부장은 최종안을 빠르게 복기했다.

연출교도관 하나가 한 손으론 하나를, 다른 손으론 다섯과 셋을 연이어 표시하면서 "하루 전, 다섯 시 삼십 분입니다!" 하고 외친다. 독방에 앉아 있는 사형수(정 본부장 대역–등과 가슴에 큰 글씨)를 연출교도관들이 양팔을 잡고 임시수용실로 전방한다. 임시수용실에 도착하는 즉시 연출교도관은 사형수를 철창에 넣기 전 기구들을 점검한다. 연출교도관 하나가 양변기 칸막이를 없애고 비데를 달자고 즉석 제안한다. 그리고 그 자리에서 소형 냉장고의 위치를 이동시켜 보거나, 연출교도관들의 대기 위치도 다양하게 변형해 본다. 사형수를 철창 안 침대에 앉히고 연출교도관 둘은 철창 안 테이블에, 다른 둘은 철창 밖 테이블에 대기하기로 한다. 군의관(대역-흰 가운에 청진기)이 사형수의 마지막 건강검진을 하고 서명을 받는다. 마지막 식사 때 기자(대역-카메라와 기자증)와 시민위원(대역-완장)이 참관한다. 식사를 마치고 취침에 들어간다. 다시 연출교도관 하나가 사형수에게 안대를 제공하자고 즉석 제안한다. 흐린 조명이 철창 안 연출교도관 앞과 철창 밖 대기 테이블을 밝힌다. 연출교도관 하나가 손으로 다섯을 표시하면서 "집행일, 다섯십니다!" 하고 외친다. 사형수를 깨운다. 사형수가 가상의 마른 샤워를 한다. 사형수가 사형복으로 갈아입으면 연출교도관들이 옆에서 결박하고 양팔을 잡고 임시수용실을 나선다. 기자와 시민위원이 임시수용실에 남는다. 임시수용실 문앞에 연출교도관 하나가 남는다. 사형수가 사형장으로 가는 길 '지옥 삼거리'에서 몸부림친다. 연출교도관 모두가 합세하여 사형수를 진정시킨다. 사형장 앞에 도달한다. 대역을 맡았던 정 본부장이나 연출교도관들 모두의 목덜미가 땀으로 흥건하다. 정 교정본부장이 스톱워치를 들여다본다.

허태수 기획관은 세 대의 버스가 차고에서 쿡-버스(Cook-Bus)로 개조되는 과정을 지켜보는 중이다. 1인분의 식사지만 찜이나 튀김 등의 음식이 가능할 수 있도록 장비와 도구가 세팅되어 있어야 했다. 식기 세트도 만찬까지는 아니지만 최대한 인격적으로 대우한다는 인상을 줄 수 있는 것들이어야 했다. 그리고 요리사 역시호출되는 순간부터 사형 집행 직후까지 함께 있어야 한다는 결정이 있었다. 역시 보안을 위해서였다. 그런 이유로 간이침대와 샤워가 가능한 화장실도 마련되었다. 요리사는 차량에 오르는 순간 휴대폰 등의 소지품을 교정 당국에 맡기게 될 것이다. 이 점은 허 기획관 자신에게도 마찬가지로 적용되는 것이었다. 심지어 차량에기본적으로 장착된 라디오마저 제거했다. 차량의 겉면은 모두 검은색으로 도색되었고, 노란색의 법무부 마크만이 정면과 측면에작게 새겨졌다. 그리고 창은 모두 덮개로 덮고, 정면 운전석 유리에도 취조실의 거울 유리와 같은 특수 도장이 도포될 예정이다.

이런 모든 준비 과정을 통틀어 극철위 위원 중 가장 곤혹스러운사람은 다름 아닌 백순호 국가인권위원회 위원장과 이명호 국가인권위원회 법률자문 상임위원일 것이다. 집행 대상자를 선정해야 했기 때문이다. 이 둘은 당시의 판사들을 면담하기도 하고 방대한 자료도 검토해야만 했다. 증거 또는 증언의 신뢰성에 대해서는 특별히 신중하게 검토했다. 이미 법무부에서도 이런 측면에 대해 검토하고 선별한 3인이었지만, 그중에서도 더욱 조건에 가까운 대상자를 선정해야 했다. 사실 순서를 정한다고 봐도 좋을 것이다. 먼저 매달릴 것인지 나중이 될 것인지. 그러나 이 점은 매우 중요했다. 이 사형 집행이 한 번의 시도로 끝날 것인지 계속될 것인지는 아무도 모르기 때문이다. 분명한 건 어쨌든 지명된 사형수는 5일 안에 '매달리게' 된다는 것이다.

극철위의 청와대 회의가 소집되는 중간중간에 시민위원과 기자가 참여한 '쇼-윈도' 회의도 정부 청사에서 소집됐다. 하지만 내용은 별것이 없었다. 검경에서 극악 범죄에 대해 엄중한 대처를 계획하고 있다는 정도와 아직 사형 집행에 대한 절차는 논의되고 있지 않다는 정도였다.

강 수석은 퇴근하는 길에 예기치 않은 곤욕을 치른다. 그를 불시에 방문한 건 길모퉁이에 숨어 있던 고상구 기자였다.

"잠시, 말씀 좀 묻겠습니다. 사형 집행, 결정되었나요? 아니면 벌써 진행 중인가요?"

강 수석은 카메라 조명 때문에 눈이 부셨지만, 손으로 얼굴을 가릴 순 없었다. 마치 나쁜 짓이 들통 난 사람처럼 보일 수 있었기 때문이다. 하지만 찡그려지는 표정은 어쩔 수 없었다.

"사형 집행 계획은 아직 없는 걸로 압니다. 법무부 장관과는 달리 대통령은 반대하시는 걸로 알고 있어요. 여론은 어떻게 생각하실지 모르겠지만 저는 그렇게 알고 있습니다. 그리고 그건 어디까지나 법무부 소관이지 저희 청와대는 잘 모릅니다. 그러니 더 드릴 말씀도 없습니다. 이만 들어가 보겠습니다. 살펴 가십시오."

취재 대상이 사라졌지만 고 기자는 여전히 힘주어 마이크를 잡고 있었다. 강 수석이 사라진 담벼락을 배경으로 카메라를 향해 엔딩 멘트를 했다.

"이런 추측이 가능합니다. 대통령이 찬성하면서도 아닌 척할 수도 있고, 실제로 반대하여 법무부 장관과 대립할 수도 있다는 겁니다. 하지만 강 수석 얘기처럼 집행은 어디까지나 법무부 장관의 권한인 관계로 대통령이 반대한다고 해도 장관이 밀어붙이면 어쩔 수 없다는 걸 의미하기도 합니다. 법무부 장관을 경질하기 전까지는 말이죠. 저희는 이 사항에 대해서 끝까지 파헤쳐 보려고 합니다. 계속해서 관심 가져 주시길 바랍니다. 지금까지 강영민 정무수석 자택 앞에서 매일정치의 고상구 기자였습니다."

박경호가 마루에 걸터앉아 달맞이꽃 아래서 귀뚜라미 우는 마당을 망연히 바라보고 있었다. 그의 등 뒤, 거실 책꽂이에는 새로운 액자가 나와 있었다. 모자(母子) 사진 옆으로 요리사 정복을 입고 있는 그의 사진이었다. 거실 옷걸이엔 세탁소 비닐이 덮인 사진 속 정복이 걸려 있다. 그리고 주방 식탁 위로 여러 종류의 칼이 깨끗한 종이 위에 정렬되어 있고, 조리 모자와 도구 상자, 앞치마도 그 옆에 놓여 있었다.

이명호 국가인권위원회 상임위원이 서류 봉투를 테이블에 올려놓았다. 갈색의 봉투는 한눈에도 단단히 봉인되어 있었다. 위원들은 그 내용물이 뭘 의미하는지 잘 알고 있었다. 진정한 불가역적 선택. 이번에도 정 기자와 김 시민위원에게는 회의를 알리지 않았다. 임 장관이 긴장한 표정으로 봉투를 열어 서류의 상단만 확인하고 다시 넣었다. 봉투를 강 수석에게 넘기자 가벼운 손사래로 바로 정 교정본부장에게 넘어갔다. 정 본부장은 서류를 꺼내 허 기획관과 함께 이름을 확인했다. 그 둘은 감정이 묻은 시선을 교환했다. 지명된 사형수를 이미 알고 있는 둘은 잠시 생각에 잠길 수밖에 없었다. 그리고 다시 서류를 봉투에 담아 테이블 중앙에 두었다. 잠시 무거운 분위기가 감돌았다. 이 상임위원이 간단하게 선정 이유를 밝혔다.

"사형수 김근우. 현재 나이 54세 남성입니다. 96년 당시 27세로 부모를 잔인하게 살해하고 사체를 유기하려다가 순찰 중이던 나상욱 외 두 명의 경찰관에게 발각되었습니다. 도주 중 나 순경을 살해하고, 다른 한 명에게도 위중한 상해를 입혔습니다. 김근우는 체포 직후 심신미약을 주장하고 공범을 지명하는 등 횡설수설하기도 했지만, CCTV에 의해 범행 장소인 아파트에 김근우를 제외한 그 누구도 들고 나지 않았다는 점을 확인할 수 있었습니다. 그리고 생존한 경찰관의 증언으로 공범이 있었다는 증언도 거짓으로 들통났습니다. 이 밖에도 여러 움직일 수 없는 증거로 인해 이듬해 사형이 선고되었고, 김근우는 상고하지 않았습니다. 지금의 법리로도 사형을 피하지 못할 것이라고 다수의 법관이 자문한 바 있습니다. 특이한 점은 살해 동기로 부모가 자신을 친아들과 차별 대우한다고 증언했지만, 조사 결과 김근우는 친아들이며 심지어 형제가 없는 외동아들이라는 점이 밝혀졌습니다. 이 또한 경찰이 여러 각도로 또 다른 형제의 가능성을 조사해 봤지만, 그 어떤 내용도 없었다고 보고되었습니다. 그보다는 평소 얌전하다가도 분노를 조절하지 못해 사고를 쳤던 숱한 과거 행적으로 미루어 보아 분노 조절에 실패해 벌어진 패륜 범죄로 결론짓는 것이 옳다고 판단한 바 있습니다. 당시 소수 의견으로 김근우의 정신 감정을 의뢰한 결과 이 역시 정상으로 판정되었습니다. 그 후 김근우는 순순히 죄를 인정하고 책임을 덜어 보려 그랬다고 자백했습니다. 재판에 참여했던 판사들의 의견과 수사 관계자들의 의견을 토대로 김근우의 케이스는 재심의 여지는 물론이고, 오판의 가능성이 가장 낮은 건으로 판단되었습니다. 직계 가족은 물론이고 가까운 친척도 없으며, 지금까지 20여 년 동안 자신에게 무거운 죄를 물어 사형을 집행해 달라는 편지를 재판부에 보내고 있다는 점도 이번 선정에 큰 이유가 되었습니다. 이상입니다."

임 장관은 설명이 끝나기 무섭게 사인한 결재 서류를 파일 사이에 끼어 정 교정본부장 앞으로 내밀었다. 정 본부장이 결재 파일을 물끄러미 내려다봤다. 임 장관이 자리에서 일어서며 힘주어 말했다.

"뭣들 해요? 기차 출발했는데!"

다른 위원들 모두 그제야 자리에서 일어나 각자 맡은 임무를 위해 흩어졌다. 일체의 사적인 대화도 없었다. 모두 집무실 제일 멀찌감치 떨어진 그의 책상에서 위스키만 홀짝이던 대통령에게 단체로 인사하고는 바로 자릴 떠난 것이다.

사형 집행 5일 전

춘천 강원인권교육센터. 건물 앞엔 '내부 수리 중'이란 푯말이 붙어 있었다. 백순호 국가인권위원회 위원장, 이명호 국가인권위원회 법률자문 상임위원 그리고 직원 두 명이 등산복 차림으로 업무를 보고 있었다.

직원들은 사형수 김근우의 친인척을 수소문했다. 집행 전 면회나 전화 통화의 의사를 확인하기 위해서였다. 그리고 시신 수습에 관해서도.

"일상적인 정보 수집인데요~"

하지만 근우의 이름을 대는 순간, 더 들으려 기다리는 사람은 아무도 없었다. 인권위원회는 가까운 친인척을 찾을 수 없다고 판단했다. 종교 행사와 사형 집행 이후 시신의 처리는 본인에게 묻기로 했다. 직원 중 한 사람이 재판 기록 요약본과 증언 자료 및 사법부에 보낸 편지 등을 정리해 직접 법무부 장관실로 가져갔다.

사형 집행 3일 전

강 수석은 시민·인권 단체를 찾아가 여전히 사형 집행 여부의 최종 결론이 나지 않았다는 뉘앙스를 전하는 동시에, 청와대 내에도 이에 반대하는 강한 기류가 존재한다는 정보를 흘렸다. 물론 그 중심엔 자신도 포함되어 있다는 얘길 잊지 않았다. 그리고 바로 여당 원내대표 정경수 의원 일행과 합류해 사형 집행을 지지하는 쪽을 찾아갔다.

"고생 많으시죠? 용기 내 주셔서 감사합니다. 좋은 소식을 가지고 왔습니다."

뭔가 줄 게 있을 땐 정 의원이 항상 앞장서 있었다.

"저희 요구 사항, 모두 반영되었나요?"

희생자 유가족 대표가 파리한 목소리로 물었다.

"지난번 말씀하셨던 사항들 모두 처리될 겁니다. 시기만 좀 살피고 있습니다."

"이러다가 그냥 차일피일 지나가는 건 아닙니까?"

"걱정 마십시오. 필요한 것들은 모두 저희 당에서 지원하기로 했습니다. 의원들도 순번을 정해서 이곳에 나오기로 했습니다. 다만 의원들이 인권에 맞선다는 인상을 주는 건 아무래도 좋아하지 않기 때문에 구호만큼은 함께 외치지 않기로 했습니다. 죄송합니다."

"저희 인권은요? 저희 인권은 무시당해도 좋다, 이런 말씀이십니까?"

유가족 한 사람이 날 선 심기를 드러냈다. 결국 상황을 설명할 땐 강 수석이 나섰다.

"당연히 중요하죠. 다만 방법론적으로 그렇게 하는 것이 더 유리하다는 의견인 겁니다. 여론은 힘없는 쪽으로 기울게 되어 있습니다. 여러분들이 약자가 되는 게 정책을 입안하는 데에는 더 도움이 될 거란 말씀입니다. 구호도 크게 외치실 필요 없습니다. 조용히 피켓만 들고 계시면 됩니다. 아시겠죠?"

한쪽에서 쭈뼛거리던 한 아주머니가 조용히 입을 뗐다.

"나오래서 나오긴 했는데……. 난, 그 새끼 죽으면 어쩔까 싶기도 해. 그땐 누굴 원망하며 사냐고……. 차라리 죽이진 말고 매일 불로 지지거나 전기 고문 같을 걸 부활시키면 안 되느냔 말이지. 그놈들한테만 예외로다가……."

"별 시답잖은……."

유가족 대표가 뭔 말을 하려다가 아주머니의 시선을 마주하고는 하려던 말을 먹어 버렸다.

"듣자 하니까 그놈들 노역도 안 하고, 혼자 쓰는 방에서 하루 세 끼 다 찾아 먹는다고 하데요. 우리 형철인 아직도 밤마다 제 흘러나온 장기를 끌어안고 울부짖고 있는데……. 쪼끔 시원하다 말 것 같으니까 하는 소리지……."

아주머닌 표정 변화 없이 무서운 얘길 혼잣말처럼 흘렸다.

그때, 사형 집행 반대 진영으로부터 거대한 구호와 함성이 울려 퍼지기 시작했다. 집행 지지 진영은 현수막이 바람에 파닥이고, 라면 박스 뒷면을 이용한 초라한 피켓을 든 몇몇 유가족이 서 있을 뿐이었다. 방송국에선 드론을 날려 이 극명한 힘의 불균형을 담기에 바빴다.

사형 집행 이틀 전, 14:45

임동수 법무부 장관을 거친 자료가 정두영 교정본부장을 거쳐 허태수 특임교정기획관에 전달됐다. 허 기획관은 개조된 쿡-버스로 박경호의 자택을 찾았다.

"오랜만입니다, 허태수 기획관님!"

"잘 지내셨습니까? 박경호 씨! 참, 이번 일에서 박경호 씨를 요리사 X로 부르기로 했습니다. 괜찮겠죠?"

"물론이죠. 오히려 제가 요청한 건데요."

"······뭐라 말씀드리기 어렵네요. 저야 제가 하던 일이었으니까 하겠다고 자청한 거라지만······. 그런데 요리사님께는 도와줘서 고맙다고 해야 할지 아니면 도망치라고 해야 할지 잘 모르겠습니다."

"편하게 생각하시죠. 저도 같은 생각이니까요."

허 기획관은 환하게 미소 지었다.

"그 말씀 들으니까 한결 마음이 놓입니다. 본론으로 들어가야 할 것 같습니다. 그 전에 먼저 작성해 주셔야 할 것들이 좀 있습니다. 보안에 관한 서류들입니다. 그리고 현 시간부로 휴대폰은 저희에게 맡겨 주셔야 합니다."

"속옷이나 칫솔은 챙겨 갈 수 있을까요?"

"물론입니다."

"혹시 대상자는 선정되었나요?"

"네."

"알 수 있을까요?"

"서류에 서명하시고 버스에 오르시면 모두 준비되어 있습니다."

"또 궁금한 게 있습니다."

"모두 말씀해 주세요."

"저는 임무가 끝날 때까지 버스에서 못 내려오죠?"

"그렇습니다. 음식 재료나 필요한 것 모두 제가 준비해 드릴 겁니다."

"그런데 휴대폰도 없는데 식사 준비가 다 되었다는 소식을 어떻게 전하죠?"

"무전기를 준비했습니다."

"……그럼, 제 목소리가 노출되지 않을까 싶은데……."

"거기까지는 미처……."

"제가 생각해 봤는데요……."

"네, 말씀해 주세요."

"풍선을 준비해 주시면 어떨까요?"

"풍선이요?"

"네, 헬륨 가스를 채우는 풍선이요. 준비되면 버스 환기구를 통해 풍선을 매달아 띄우겠습니다. 그러면 감시탑 교도관이 기획관님에게 연락하지 않겠습니까?"

"듣고 보니 아주 좋은 생각입니다! 풍선 덕에 긴장도 좀 누그러지면 좋고요. 바로 준비하겠습니다. 다른 건 또 없습니까?"

"이 가방만 있으면 됩니다."

요리사 X가 요리 도구가 든 가방을 들고 집 앞으로 나오자 골목 끝에 세워 놓은 검은색 법무부 쿡-버스가 머리를 내밀고 있었다.

사형 집행 이틀 전, 19:00

서울구치소. 허 기획관은 사형수를 전방시킬 임시수용실의 상황을 점검하고, 연출교도관들의 마지막 예행연습을 감독했다. 그리고 사형장의 준비 상태를 마지막으로 점검하고, 사형 집행 참관인들의 스케줄도 최종 확인했다. 보안을 위해 해당 구치소나 교도소장을 제외한 외부 인사들의 참관인 대신 극철위 위원들이 참관하기로 한 바 있었다. 종교 행사가 있는 경우에는 인근 군부대의 협조를 받기로 했지만, 김근우는 종교가 없었다.

같은 시간, 쿡-버스는 이미 서울구치소 운동장 입구에 자릴 잡았다. 해 질 녘에는 '지옥 삼거리'에 그림자를 드리울 수도 있는 거리였다. 요리사 X는 자신이 가져온 도구를 풀고 차량에 붙박인 설비들과 화장실이나 천장 환기구도 살폈다. 그리고 마지막으로 법무부 서류를 열어 사형수에 관한 내용을 열람했다.

사형 집행 하루 전, 5:30

허 기획관과 연출교도관들이 미결수용실에서 임시수용실로 사형수 김근우의 전방을 집행했다.

임시수용실은 구치소 내 부속 건물 끝단, 접근이 차단된 넓은 창고에 설치되었다. 천장 높이만 해도 10미터가 넘는 공간, 에폭시로 코팅된 바닥에 테니스 코트 라인이 그려져 있는 걸로 봐서 교도관들이 실내 코트로 사용했던 곳인 것 같았다.

그 중앙, '임시'란 말이 무색하게 콘크리트 매트로 바닥에서 30센티미터 들어 올려져 있는 4×4×4미터의 철창이 덩그러니 놓여 있다. 그래서 철창 안으로 카트라도 밀고 가려면 나무로 만든 경사로를 올라야 했다. 폭 4미터 철창을 왼편에 두고 3미터 길이의 경사로를 오르다가, 1미터 평평한 계단참에서 U턴 해 1미터를 마저 오르면 겨우 30센티미터 높이, 0.5평의 철창 입구 앞 바닥에 도달한다. 어느 교도관이 심심하게 말했었다. 사형수들은 참 멀리도 있다고.

철창 위로도 다시 4×4×0.3미터 크기의 나무 상자가 올라가 있다. 나뭇결이 그대로 살아 있는 상자 측면엔 철창 밖 거대한 공기정화기와 연결된 어른 한 아름 정도의 둥그런 덕트가 두 개나 박혀 있다. 깨끗한 공기를 유지하기 위한 천장 급, 배기구와 연결되어 있을 것이다. 공기가 탁해서 죽었다는 얘긴 절대 듣고 싶지 않다는 의지처럼 보였다. 그래서 천장은 여느 카페에서나 볼 법한 다운라이트와 공기 인입구들을 가지고 있었다. 물론 철창 뒤로. 이런 고급스러운 바닥과 천장에도 방치된 불법 사육 농장에 놓인 철창처럼 처참해 보이는 건 어쩔 수 없었다. 게다가 해가 떨어진 밤, 말 그대로 사방의 조명을 켜면 철창은 안팎으로 죄수복과 같은 스트라이프 그림자를 드리워 모두를 가둬 버릴 것이다.

철창 안도 특별하긴 마찬가지였다. 간이침대와 그 옆으로 엉덩이 높이의 칸막이를 가진 양변기와 세면대가 있었고, 침대 맞은편엔 키 작은 냉장고가 자리했다. 그리고 철창 내 중앙 테이블에 두 명, 철창 바깥 테이블에도 두 명의 연출교도관이 배치되었다.

근우가 애써 미소를 지으며 태연한 척해 봤지만, 연출교도관들에게 팔짱 낀 팔은 경직되어 거짓말을 할 수 없었다. 근우는 지금의 전방이 무슨 의미인지 잘 알고 있었다. 임시수용실에 입실하자마자, 허 기획관이 저녁 식사의 메뉴를 물었다. 가장 확실한 통보였다.

"김근우 씨, 마지막으로 먹고 싶은 거 있으면 말씀하세요. 오늘 저녁에 만들어 드리겠습니다."

근우는 바로 얼굴이 굳어졌다. 애써 안정을 찾은 후엔 태연한 척 대답했다.

"지은 죄가 태산인데, 이것저것 가릴 것 있겠습니까? 먹고 싶은 게 떠오르지 않네요. 주면 주는 대로, 안 주면 안 주는 대로 다 좋습니다. 혹시 담배 정돈 어떨까요? 콜라나 사이다는요?"

"식사와 별개로 탄산음료나 담배는 충분히 드리겠습니다. 뒤쪽에 보시면 냉장고 안에 충분히 넣어 놨습니다. 아무 때나 꺼내서 마시고 태우시면 됩니다."

근우는 지나가는 말로 농을 친 거였지만 돌아오는 대답에 흠칫 놀라 버렸다.

"저거, 정말 냉장곱니까?"

근우가 허리 숙여 냉장고 문을 열어 보고는 알 수 없이 일그러진 표정으로 말했다.

"냉장고를 닮은 무엇인 줄 알았는데, 정말 냉장고네! 제가 가당치 않은 호사를 누리다 가게 생겼네요!"

냉장고 안에는 담배 두 보루와 여러 종류의 음료수로 가득 차 있었다.

사형 집행 하루 전, 6:20

허 기획관은 근우에게 들은 마지막 식사에 관한 내용을 작은 녹음기에 담아 요리사 X에게 전달했다. 요리사 X는 녹음기를 몇 번이고 재생하면서 메모를 써 내려갔다. 허 기획관은 요리사 X의 메모를 넘겨받고 쿡-버스를 나섰다.

신선한 초란(아홉 개), 쌍란(한 개), 곤드레(한 줌), 미역취(한 줌), 고비(한 줌), 쑥부지깽이(한 줌) 표고버섯가루(한 줌), 다시마(한 뼘×한 뼘짜리 한 조각), 쪽파(200그램), 맛술, 맛간장, 집된장, 참기름, 들기름, 마른 풋고추가루(한 줌), 함초소금(한 줌), 새우젓(한 줌), 쌀(1킬로그램), 김치(반 포기)

구하기 힘들 거라 예상했던 쌍란은 구치소에 재료를 대는 업자가 소개한 양계장을 통해 가까스로 구했고, 집된장과 김치는 시장통 백반집에서 소량 구매했다.

요리사 X는 재료를 손질하는 것으로 바로 요리에 들어갔다.

여섯 개의 초란을 노른자만 구분해 담는다. 바닥이 오목한 유리그릇에 맛술과 맛간장을 같은 비율로 담는다. 설탕을 반 숟갈 넣는다. 요리사 X는 잠시 망설이다가 다시 반 숟갈의 설탕을 더 넣고 섞는다. 그 안에 노른자 세 개를 조심스레 담는다. 노른자가 모두 잠길 정도인지 확인한 후 뚜껑을 닫는다. 이번엔 바닥이 평평한 유리그릇에 집된장과 맛술을 역시 같은 비율로 넣고, 설탕 반 숟갈을 뿌려 섞는다. 그리고 숟갈을 이용해 바닥에 펴 깐다. 이때 노른자가 들어갈 홈을 미리 눌러 마련한다. 그 위로 가제 수건을 올리고 숟갈로 톡톡 두들겨 거즈로 '집된장 + 맛술 + 설탕'이 스며들게 한다. 조심스레 노른자를 그 위로 올리고 다시 가제 수건을 올리고 '집된장 + 맛술 + 설탕'을 그 위로 펴서 발라 준다. 그리고 뚜껑을 닫아 전기장판을 약하게 켠 간이침대 이불 밑에 넣어 둔다.

사형 집행 하루 전, 12:00

구치소 식당으로부터 점심 식사가 전달되었지만, 근우는 먹지 않고 콜라와 담배로 대신했다. 구치소 보건의가 근우의 혈압과 맥박을 체크해 갔다.

근우는 몇 번이고 종이를 펼치고 연필을 들었지만, 아무 글도 쓰지 못했다. 근우의 줄담배 때문에 제법 큰 독립형 공기청정기를 철창 밖에 한 대 더 설치해야 했다. 건강을 고민해야 하는 건 남는 사람들의 몫이니까.

쌍란(雙卵)

사형 집행 하루 전, 13:05

　허 기획관의 인솔로 결박된 근우가 야외 운동장으로 향했다. 사형장으로 샛길이 나 있는 지옥 삼거리에서 근우가 움찔했다. 아니, 근우의 몸이 반응했다고 해야 옳을 것이다. 마치 일렁이는 파도에 살짝 떴다가 가라앉는 부표처럼, 달에서 유영하는 우주인이 허우적거리며 달 표면에 발을 디디는 것처럼 허둥댔다. 근우는 그런 허둥대는 몸뚱이를 끌고 그 자리를 벗어나기 위해서 어금니를 악물어야 했다.

　상체를 결박당한 근우를 다른 수형자들이 멀리서 응시했다. 그들은 나지막이 수군거렸다. 수형자들은 그제야 어제, 오늘의 통제가 훈련이나 장비 점검이 아닌 다른 곳에 이유가 있었다는 걸 알게 되었다. 근우는 천천히 걸었다. 그는 발로 흙바닥을 만지고 있었다. 먼 하늘을 바라보다가 바람 냄새를 맡기도 했고, 또는 폐에 공기를 한가득 담기도 했다. 이따금 사형장 위 하늘을 곁눈질하기도 했다. 수형자들은 근우를 두고 모두 제 감방으로 돌아갔다. 그들은 근우를 흘깃거리거나 대화 없이 수군대기만 했다. 누군가 혼자 중얼거렸다. "내렸으면 자살해 뿌지!"

허 기획관이 물었다.

"좀 더 있을래요?"

근우는 대답 대신 고개를 끄덕였다. 최대한 말을 아끼고 있었다. 입을 벌렸다가는 떨리는 심정을 그대로 들킬 수 있을 것 같아서였다. 그는 추가로 주어진 시간 동안 빈 운동장을 천천히 걸었다. 근우가 어렵게 말을 꺼냈다.

"맨발로 걸을 수 있을까요?"

허 기획관의 지시로 연출교도관들이 근우의 신발과 양말을 벗겨 줬다. 허 기획관이 잠시 고민하는가 싶더니 다시 한번 눈짓을 보냈다. 이번엔 다리의 결박도 풀어졌다. 근우는 고개를 숙여 고마움을 표했다. 근우의 발가락이 흙바닥을 움켜잡았다. 부슬부슬한 흙먼지가 발가락 사이로 새어 나왔다. 근우는 떨리는 다리를 간신히 지탱해 운동장을 걸었다. 그렇게 맨발로 흙바닥을 만져 나갔다.

돌아온 임시수용실엔 국가인권위원회의 이명호 상임위원이 근우를 기다리고 있었다. 장기 기증 및 기타 법률적인 사항을 마무리 짓기 위해서였다. 근우는 종교 행사도 원치 않았고, 장기 기증에도 동의하지 않았다. 근우는 물었다.

"아무것도 남기지 않기 위해 해야 할 서명은 뭔가요?"

이 상임위원이 연필로 몇 군데 표시했다. 근우는 망설임 없이 서명했다.

요리사 X는 허 기획관에게서 전달받은 녹음기를 반복해서 들었다. 그리고 근우의 목소리에 눈을 감고 빠져들었다.

사형 집행 하루 전, 16:30

임 장관은 정부 청사 법무부 장관실에서 정현정 기자와 김종근 시민위원을 만났다. 임 장관이 직접 휴대폰 및 기타 연락 수단을 제출해 달라고 요청했다. 정 기자가 물었다.

"에? 벌써 집행이 시작된 건가요? 얼마 전까지 대중에겐 아직 결정된 바 없다고 한 것 같았는데요?"

"대중에게 한 약속은 지켜야 한다고 생각하십니다."

"따라가지 않을 수 있나요?"

"물론 그럴 수 있습니다. 하지만 집행이 끝날 때까지 구금되어 있을 수밖에 없습니다. 그건 정 기자님도 동의하신 바이고요."

"제가 가지 않으면 다른 기자가 대신하나요? 아니면 기사를 내보내지 않나요?"

"아마 교정본부에서 직원을 내보내지 않을까 생각합니다. 사진 찍고 딱딱한 질문 몇 개 주고받는 선에서 기사를 정리할 겁니다. 그걸 언론사에 배포하겠지요."

김 위원 표정이 잔뜩 찌푸려졌다.

"전 이렇게 갑자기 가게 될지 몰랐습니다. 약속도 몇 개 잡혀 있고요, 우리 아이 학교 행사도 있는데……. 어떻게 이번에만 빠지면 안 되겠습니까? 우리 집에서 날 찾을 텐데요."

"말씀드린 바와 같습니다. 그리고 그건 이미 김 위원님도 동의하셨고요."

정 기자에겐 카메라도 제출받았다. SNS 자동 올림 기능을 방지하기 위함이었다. 그리고 비슷한 기종의 정부 카메라를 제공했다. 이어 두 사람은 법무부 버스에 함께 올랐다.

사형 집행 하루 전, 17:00

요리사 X는 쌀을 씻어 물에 불린다. 뚝배기에 물과 가로, 세로 5센티미터의 다시마 일부를 뜯어 넣어 둔다. 바닥이 오목한 그릇에 초란 세 개를 마저 넣고, 새우젓을 티스푼으로 두 스푼, 소금 두 꼬집을 넣은 후 잘 섞이도록 젓는다. 그리고 큰 냄비에 산나물(곤드레, 미역취, 고비, 쑥부지깽이)을 넣고 삶는다. 다 삶아진 산나물의 물기를 뺀 후 들기름 두 스푼, 집된장 두 스푼, 표고버섯가루 한 스푼을 섞어 무쳐 놓는다. 찌개용 뚝배기에 물을 붓고 남은 다시마를 넣어 둔다.

사형 집행 하루 전, 17:45

정 기자와 김 위원이 철창을 사이에 두고 근우를 만났다. 허 기획관이 두 사람을 소개할 때, 근우는 침대에 앉아 두 사람 쪽을 힐끔 쳐다보고 말 뿐이었다.

"이 두 분이 내일 새벽까지 김근우 씨의 인권이 잘 지켜지는지 지켜볼 겁니다."

근우가 살짝 실소를 흘렸다. 정 기자와 김 위원은 식사 후 정해진 시간 이외에는 근우에게 어떤 질문이나 말도 걸 수 없었다. 어차피 김 위원은 아이의 학교 행사 이외에는 아무런 관심도 없었다. 둘은 철창 밖에 마련된 테이블에 자리를 잡았다. 카메라를 정비하는 정 기자에게 허 기획관은 플래시를 꺼 달라고 요청했고, 김 위원은 소파도 아닌 딱딱한 의자에서 아침까지 어떻게 기다리느냐며 계속 불만을 늘어놓았다.

사형 집행 하루 전, 18:00

요리사 X가 불린 쌀을 압력 밥솥에 넣고 불에 올린다. 두 뚝배기도 불에 올린다. 찌개 뚝배기의 다시마물이 끓으면 버무려 둔 나물을 넣고 좀 더 끓인다. 작은 뚝배기도 다시마물이 끓으면 풀어 둔 계란을 채로 받쳐 뚝배기에 내린다. 중간 불에 젓가락을 이용해 테두리부터 바닥까지 휘저어 준다. 압력 밥솥의 꼭지가 다 올라오면 약한 불에 5분간 더 놔둔다. 찌개 뚝배기의 나물이 다 끓으면, 풋고추가 루를 조금 넣고 한소끔 더 끓인다. 계란이 뭉치기 시작하면 약한 불로 바꾸고, 위에 새우젓 조금과 쪽파 썬 것 조금을 올려놓고, 계란찜이 부풀어 오르기 시작하면 불을 끄고 뚜껑을 덮는다. 압력 밥솥과 된장찌개의 불을 끄고 기다린다.

그동안 헬륨가스를 채운 풍선을 하나 버스 천장 환기구로 내밀어 매어 달았다. 감시탑 교도관이 곧바로 허 기획관에게 보고했다. 요리사 X는 뜸 들인 밥을 뚜껑이 있는 냄비에 옮겨 담았고, 된장찌개와 계란찜 뚝배기의 뚜껑을 닫았다. 간장과 된장에 절인 노른자와 김치를 충분히 담은 그릇을 바퀴가 달린 3단 카트에 실었다. 끝으로 작은 종지 세 개에 쌍란 한 알, 참기름 조금과 함초소금 조금을 나누어 담아 카트에 올렸다.

사형 집행 하루 전, 18:30

연출교도관 두 명이 버스에서 카트를 내렸다. 그동안 허 기획관은 요리사 X에게서 식사 요령에 대해 진지하게 들었다.

카트에 식사를 가지고 돌아온 허 기획관은 정 기자와 김 위원에게 먼저 식사 내용을 보였다. 김 위원이 호들갑을 떨었다.

"아니, 사형수한테 이 무슨 진수성찬입니까? 냄새 죽이네! 식당에 말해서 우리도 이걸로 저녁 식사를 해 달라고 해 주세요. 몇 인분 더 만든다고 힘들지 않을 거 아네요. 정부에서 파견 나온 건데, 그 정도도 못 해 줘요?"

근우가 냄새에 반응해 고개를 돌렸다.

"그거, 저 줄 겁니까?"

허 기획관이 카트를 밀고 철창 안으로 들어갔다. 그러고 테이블 위에 식사를 올려놓으며 말했다.

"김근우 씨 말고, 또 있겠습니까?"

근우가 쓴 미소를 지어 보였다. 허 기획관이 뚜껑을 모두 열고 근우에게 플라스틱 수저를 건네자, 정 기자가 철창 옆으로 와서 카메라 셔터를 눌렀다. 이에 근우가 농담을 던졌다.

"무섭지 않으면 들어와서 찍지 그러세요? 음식이 무슨 죄가 있다고."

철창이 열렸고, 정 기자가 들어가 사진을 찍었다. 근우는 테이블 위에서 손을 치워 음식이 잘 찍히도록 도와줬다. 그리고 다시 하얀 농담을 던졌다.

"SNS에 올리실 거면, 식사한 김 아무개가 열두 시간이 채 지나기 전에 죽을 거라고 예언해 두시면 절묘하게 들어맞을 겁니다."

정 기자는 자신도 모르게 얼굴이 붉어졌다. 부끄럽거나 창피해서가 아니었다. 삶의 마지막이 처음 느끼는 방식으로 한 번에 전달됐기 때문이었다. 정 기자는 심각한 표정이 되어 테이블로 돌아갔다.

허 기획관은 요리사 X가 일러 준 대로 큰 스테인리스 대접에 따뜻한 밥을 담았다. 그 위로 간장과 된장으로 절인 계란노른자절임을 하나씩 올려놓았다. 그 위로 그릇에 있던 간장을 살짝 뿌리고, 된장 역시 살짝 덜어서 올려놓았다. 그리고 그 앞으로 된장찌개와 계란찜을 가져다 놓았다. 마지막으로는 계란찜 옆에 새우젓 종지와 김치가 담긴 그릇을 붙여 놓았다.

"이제 드시면 됩니다."

"이거, 이거, 저녁에도 탄산음료나 마시고 끝내려고 그랬는데, 안 먹으면 만드신 분이 서운하겠는데요? 냄새를 맡으니까 배 속에서 넣어 달라고 아우성이네요! 근데, 저건 안 주실 겁니까?"

근우는 카트 위에 뚜껑이 덮인 세 개의 작은 그릇을 가리켰다.

"식사가 끝나갈 무렵 드릴 겁니다."

"어이쿠, 이렇게나 먹고 또 먹을 수나 있겠습니까? 하여튼 맛있게 먹겠습니다."

허 기획관이 테이블 앞에서 보고 있어서 그런지 근우는 조금 쭈뼛거렸다. 그렇게 그릇과 허 기획관을 번갈아 힐끔힐끔 쳐다봤다. 그러더니 이내 수저로 밥 위에 얹힌 계란노른자절임을 살짝 눌러서 터트렸다. 밥 속에 노른자절임이 스며들었다. 간장절임과 된장절임은 밥에 스며든 모양새가 달랐다. 근우는 그 둘을 섞지 않았다. 그리고 한 숟갈씩 입으로 가져갔다. 숟갈질이 점점 더 빨라졌다. 김치를 얹어 먹기도 했고, 밥 한 숟갈을 입에 넣고 씹는 끝 무렵에 새우젓 하나를 입에 넣고 우물거리기도 했다. 이젠 아예 허 기획관이 옆에 있는 걸 잊은 사람처럼 보였다. 된장찌개를 한 숟갈 떠먹고는 작은 탄식을 흘려보냈다. 아마 자신도 모르게 새어 나온 것이리라. 산나물을 건져 밥 위에 올려놓고 밥과 함께 큰 숟갈을 떠먹었다. 입은 뜨거운 김을 내보냈지만, 눈은 즐겁게 웃고 있었다. 계란찜 한 숟갈을 퍼 밥 위에 올려놓았다. 퍼낸 계란찜이 찰랑찰랑 춤을 췄다. 밥 위에 올라간 계란찜 위엔 새우젓 하나와 쪽파 몇 개가 얹혀 있었다. 머릿속으로 분배하면서 계란찜을 뜬 것처럼 보였다. 근우가 다시 한번 입으로 음식을 밀어 넣었다. 어느새 공기의 밥이 다 사라졌다. 한참 만에 근우가 잠시 잊고 있었던 허 기획관을 올려다봤다. 허 기획관이 밥을 펐던 냄비를 보여 줬다. 밥은 아직 많이 남아 있었다. 그리고 계란노른자절임도 확인시켜 줬다. 근우가 뽀얀 미소를 지으며 다시 식사에 몰입했다. 콧등 위로 땀이 맺혀 있다는 것도 모른 채.

　그 사이 연출교도관이 다른 모두를 위해 도시락을 들고 들어왔다. 철창 밖 테이블 위에는 초라한 도시락들이 줄 세워졌다. 김 위원이 뭐라고 중얼댔고, 정 기자는 옆에서 눈치를 줬다. 철창 밖 연출교도관도 한 명씩 밖에서 식사를 마치고 교대했다. 그들이 모두 식사를 마치는 동안 근우도 2인분의 식사를 마쳤다. 바닥에 남은 약간의 산나물 건더기나 뚝배기 바닥에 눌어붙은 계란찜을 눈으로는 먹고 싶어 하면서도 더는 먹을 수 없는 눈치였다.

　"아주 잘 먹었습니다. 더 이상 바랄 게 없습니다. 고맙습니다." 하면서 담배를 하나 꺼내 물었다.

　그 앞으로 허 기획관이 미처 먹지 못한 세 개의 작은 그릇을 올려놓았다.

　근우는 손을 내저으며 말했다.

　"아뇨, 더는 못 먹겠습니다. 미안하지만 가져가시죠."

　허 기획관이 뚜껑을 열면서 말했다.

　"요리사가 정 못 먹겠으면 냄새라도 맡으라고 합디다."

　허 기획관은 근우가 보는 앞에서 뚜껑을 열고 요리사 X가 알려준 대로 천천히 만들어 갔다. 먼저 쌍란 하나를 깨서 노른자 두 개만 분리해 빈 종지에 담았다. 작은 종지에 노른자 두 개를 담으니까 종지에 가득 들어찼다. 그 위로 고소한 참기름을 둘렀다. 노른

자 테두리에 선명한 띠가 만들어졌다. 그 위로 한 꼬집 정도의 함
초소금을 뿌렸다. 그걸 근우 앞으로 내밀었다.

허 기획관의 손놀림을 물끄러미 지켜보던 근우의 표정에서 웃
음기가 점차 사라져 갔다. 근우가 테이블 아래로 다리를 심하게
떨고 있었다. 담뱃재가 근우의 손등으로 떨어졌다. 그곳에 있던
모든 사람이 그가 다리를 떨고 있다는 것을 알아챌 정도로 떨림이
심해졌다. 근우가 종지에 놓인 그것을 코로 빨아들일 것처럼 냄새
를 맡았다. 정 기자는 문득 이상한 느낌이 들어 카메라를 눈에 갖
다 붙인 채로 철창에 다가섰다. 하지만 뷰파인더에 투영된 근우의
눈빛을 보고는 섬뜩한 떨림으로 뒤로 물러서야 했다. 전혀 다른
사람 같았기 때문이다. 갑자기 삐딱해진 근우가 허 기획관을 쏘아
보며 물었다.

"의도가 뭐지?"

섬뜩한 느낌을 받은 허 기획관이 놀라 뒤로 물러섰다.

"뭐, 뭘, 말이죠?"

"쌍란을 보여 준 이유."

근우의 목소리는 마치 다른 사람처럼 달라져 있었다.

"그거야 먹으라고 준 거지, 보라고 준 건 아닐 겁니다. 요리사가
준 대로 가져온 것뿐입니다."

"아닌데⋯⋯."

근우는 고개를 갸우뚱하더니 이내 참기름과 소금으로 간이 된 쌍란 노른자를 한 번에 털어 넣고 우물거렸다. 그리고 담배를 쥐지 않은 다른 맨손으로 된장찌개의 나물 찌꺼기와 눌어붙은 계란찜을 깨끗이 긁어 먹었다. 그러고도 손가락을 빨았다.

'햐, 신기하네! 마지막 메뉴 먹을 배를 따로 가지고 있을 거라더니, 정말 그러네.'

근우가 갑자기 동작을 멈추고 눈을 치켜떴다. 곁에 있던 연출교도관들이 긴장한 나머지 허리춤 곤봉에 손을 가져다 댔다.

"거, 공무원 양반. 부탁 하나만 합시다. 이거 만들어 준 사람한테 가서 뭘 알고 있는지, 쌍란을 준 이유가 뭔지 한번 물어봐 주시오."

"일 다 끝난 사람, 귀찮게 해서 되겠습니까?"

"그 사람도 분명 나한테 궁금한 게 있을 거요. 그리고 당신에게도 내 비밀 하나 얘기하고 가겠습니다. 됐죠?"

허 기획관은 감탄한 표정을 숨기고, 어리숙한 얼굴로 고개를 끄덕이며 자리를 떴다. 허 기획관이 임시수용실을 나서면서 혼잣말로 중얼거렸다.

'허, 그 사람! 어떻게 알았지?'

허 기획관이 버스 앞에 도착하자 기다렸다는 듯이 문이 스르르 열렸다. 그 안에는 풍선을 든 요리사 X가 서 있었다.

요리사 X를 만나고 돌아온 허 기획관이 근우를 바라봤다. 근우는 계속해서 허 기획관을 기다렸는지 철창을 두 손으로 잡고, 그 사이에 얼굴을 끼운 채로 출입구 쪽을 바라보고 있었다. 눈빛은 여전했다. 허 기획관의 걸음을 따라 근우의 시선이 따라왔다. 철창 밖 테이블에 앉아 한숨을 돌리고 있는 허 기획관을 근우가 기다렸다. 허 기획관이 등짝으로 말했다.

"뭘 안다, 모른다고는 안 합디다. 다만 계란노른자절임을 덮었던 가제 수건을 보라더군요. 거기에 꽃 그림이 그려져 있는데, 알아볼 거라고 그럽니다."

근우가 옆으로 치워진 빈 그릇들 사이에서 가제 수건을 찾아냈다. 자세히 보니 정말 가느다란 빨간 색으로 테두리 레이스 문양과 꽃 그림이 그려져 있었다. 그는 고개를 들어 허 기획관을 쳐다봤다. 하지만 허 기획관은 아무 말 없이 어깨만 으쓱할 뿐이었다.

"자기가 사진을 보고 따라 그린 거라고, 식용 색소가 없어서 가지고 있던 빨간 사인펜으로 그린 거라고 했습니다. 그거 먹어도 아프거나 바로 죽지는 않는다고 그럽디다. 근데 그게 무슨 그림입니까?"

"어디서 본 거랍니까?"

"증거 사진을 보고 그린 거랍니다. 증거 자료 설명엔 피해자가 늘 가슴팍 상의 주머니에 가지고 다니던 거라고 여럿이 증언했다고 되어 있답니다. 배냇저고리를 조각 내 가제 수건으로 만든 거라더군요. 근데 그게 누구의……?"

근우가 가만히 일어서더니 세면대로 가서 물을 틀었다. 그리고 흐르는 물에 가제 수건을 조심스레 비벼 빨았다. 연출교도관들은 계속해서 긴장했다. 다행히 빨간 꽃 그림은 지워지지 않았다. 한참을 그렇게 흐르는 물에 가제 수건을 내맡겼다. 근우는 여전히 가제 수건에서 눈을 떼지 않고 얘기했다.

"이제 기억납니다. 어머니가 이걸 꼭 쥐고 있었습니다. 내가 칼을 휘두르는 그 순간에도 말이죠. 이걸 보여 준 사람, 부모님은 끝까지 나를 사랑했다고 말하고 있는 거 같네요. 요리사를 한번 만나고 싶군요. 하지만 안 되겠죠? ……어찌 알았는지 그분은 짐작하고 있는 것 같습니다. ……그래요, 제 몸 안에는 두 사람, 근우와 정우가 살고 있습니다."

허 기획관은 하마터면 소릴 지를 뻔한 걸 겨우 참아 냈다. 입을 다물고 있던 다른 연출교도관들의 눈이 커졌고, 정 기자 역시 귀를 쫑긋 세우고 듣고 있었다.

"지금의 나, 정우가 부모님을 죽였습니다. 부모님은 해리성정체장애 같은 병에 대해서는 조금도 알지 못했습니다. 그래서 얌전한 근우한테만 잘해 줬던 거 같아요. 저희도 그런 병에 대해서는

117

전혀 알지 못했습니다. 그냥 나는 늘 화가 나 있었던 것 같습니다. 근우가 늘 제게 자랑했거든요. 근우는 아침마다 계란 노른자에 참기름을 두르고 소금으로 간을 한 '동동'을 먹고 등교한다고 말이죠. '동동'은 어머니가 붙인 이름입니다. 화난 나, 정우가 나오면 부모님은 움츠러들었죠. 저를 자극하지 않으려고 했던 거예요. 그리고 온순한 근우가 나오면 정성을 다했을 겁니다. 그게 본성이라 믿고 싶으셨던 거겠죠. 그런 세월이 쌓이면서 입가에서 계란 비린내와 향긋한 참기름 냄새가 나면 나는 깨어나 폭주했습니다. 그리고 끝내 부모님의 피비린내까지 맡게 된 겁니다. 돌아가신 경찰관에겐 정말 미안합니다. 다 제가 어리석어 생긴 일입니다."

근우 아니, 정우는 가제 수건에서 시선을 떼지 못하고 물끄러미 내려다봤다. 어느새 다리 떨림이 잦아들어 있었다. 정 기자가 허 기획관에게 이젠 질문을 해도 되지 않느냐며 물었다. 정 기자가 철창 안으로 들어가려 하자 허 기획관이 제지했다. 상황이 달라졌다고 판단한 모양이었다. 정 기자는 어쩔 수 없이 가방에서 수첩을 꺼내 들었다.

"정현정 기자라고 합니다. 아까 인사 나눴죠? 지금은 제가 누구와 대화하고 있는 겁니까?"

"근웁니다. 둘 다 들을 수 있으니 말씀하세요."

"식사는 어떠셨나요?"

"좋았습니다. 아니, 너무 과분했습니다."

"혹시 그거 아세요? 정신 질환을 인정받는다면 재심을 받을 수 있을 거 같은데요. 적어도 사형 집행은 막을 수 있을 겁니다."

근우가 차분하게 대답했다.

"그러고 싶지 않습니다. 충분히 고통받았습니다. 저, 근우는 감방에서, 정우는 몸 안에서. 이제 자유롭고 싶습니다. 전, 정우를 숨길 수 있습니다. 이미 지난 20년 동안 그렇게 했었고요. 고통스런 집행을 연장할 뿐입니다. 그러지 말아 주십시오."

정 기자는 할 말이 없었다. 김 위원이 또 혼자 중얼거렸다.

"살려 준대도 싫대……."

철창 안 연출교도관들은 자기 허리춤에 있는 삼단봉에서 손을 떼지 못했다. 근우가 자기 침대에 걸터앉아 계속해서 중얼거렸기 때문이다. 다리를 심하게 떨었다가 멈췄다가를 반복하면서. 마치 오랜만에 만난 친구와 수다를 떨 듯이 중얼거리고 또 중얼거렸다.

사형 집행 하루 전, 21:00

임시수용실을 대낮처럼 비추던 조명이 희미해졌다. 철창이 사방으로 드리우던 줄무늬 그림자가 어둠 속으로 녹아들었다. 안대까지 착용한 근우는 잠들지 못했다. 하지만 입가에 미소를 띠고 있었다.

정 기자와 김 위원은 자신들이 타고 왔던 법무부 버스에 다시 올랐다. 김 위원이 허리 통증을 호소했기 때문이다. 흐릿한 어둠 속에선 근우를 지켜보는 게 그다지 의미 없다고 판단한 정 기자도 버스에서 대기하기로 했다. 허 기획관은 그 둘을 버스로 인솔하고는 버스 앞을 두 명의 교도관이 지키게 했다.

졸지에 감금된 처지의 정 기자가 버스 운전석에 앉았다. 막연히 어떤 돌파구가 보일까 싶어서였다. 하지만 차 키는 당연히 보이지 않았고, 운전석 앞에 있어야 할 라디오도 제거되어 있었다. 어이가 없어 헛웃음만 나왔다. 먼발치에서 버스 창문 너머로 근우가 걸어가는 걸 지켜보는 게 유일하게 남은 일이 되어 버렸다.

"데드 맨 워킹."

정 기자는 그 순간을 증거하기라도 하듯 나지막이 읊조렸다.

철창 안의 연출교도관들은 테이블에 앉아 야간 투시경을 통해 근우를 지켜봤고, 교대한 두 명도 철창 밖 테이블에서 적외선 모니터를 주시했다. 허 기획관도 마찬가지로 어둠 속에서 깨어 있었다.

사형 집행 하루 전, 22:00

근우가 코를 골며 잠이 들었다. 허 기획관과 연출교도관들이 그 얼굴을 지켜보며 안심했다.

허 기획관이 근우를 살짝 건드리자 1초도 지나지 않아 눈을 떴다.

"따뜻한 물이 나오니까 씻는 편이 좋을 것 같지 않아요?"

"잠을 잔 건지, 밤을 새운 건지 모르겠네요."

둘의 대화는 어딘지 초점이 어긋나 있었다. 근우는 수의를 벗고 세면대 옆 샤워기로 샤워했다. 그리고 물기 있는 몸으로 침대에 걸터앉아 마지막으로 탄산음료를 마시고 담배를 한 대 피워 물었다. 사형복으로 갈아입자 연출교도관들이 결박하려 다가섰다. 그때 근우는 허 기획관에게 한 가지 부탁을 했다.

"가제 수건을 가져가고 싶습니다. 제가 죽을 때에도 제 몸에 지닐 수 있는지 물어봐 주시면 감사하겠습니다. 그리고 어제 제가 장기 기증을 하지 않겠다고 했는데 번복할 수 있는지도 물어봐 주십시오. 이제 나가면 제가 제대로 말이나 할 수 있을지 모르겠습니다. 그리고 요리사님에게도 선물 감사하다고 전해 주십시오. 전에는 부모님이 좋은 음식을 주셔도 몰랐던 저희였습니다. 마지막으로 좋은 음식과 선물을 알아보게 해 주셔서 감사하다고 꼭 전해 주십시오."

허 기획관은 그러겠다는 뜻으로 고개를 끄덕였다. 결박한 근우의 양팔을 연출교도관들이 붙들었다. 근우의 두 눈은 안정되어 보였지만, 온몸은 추위에 떨듯이 떨고 있었다. 두 발이 자유롭지 못

한 근우는 이번에도 달 위를 유영하는 우주인처럼 '총총' 걸어 나
갔다.

총총걸음이 바쁘게 보여도 속도는 그리 나지 않았다. 지옥 삼거
리에 도달하자 근우의 몸은 자제가 힘들 정도로 떨려 왔다. 그때
정면으로 검은색 버스 한 대가 눈에 들어왔다. 버스 환기구 위로
노란 풍선이 햇빛을 받기 시작했다.

근우는 버스를 바라봤다. 허 기획관이 연출교도관을 제지해 잠
시 시간을 내어 줬다. 근우는 멀리 버스를 향해 허리 굽혀 인사했
다. 떨림도 서서히 사그라들었다. 그가 천천히 샛길로 접어들려
할 때 버스의 풍선이 하늘로 날아올랐다. 그는 그것이 인사에 대
한 답변이라 확신했다. 아이처럼 헤헤 웃는 얼굴에 햇살이 떨어졌
다. 그러곤 다시 총총걸음으로 삼거리에서 사라졌다.

사형 집행 당일, 7:30

사형장 앞에는 임 장관을 비롯해 강 수석, 정 교정본부장, 국가
인권위원회 백 위원장, 이 상임위원이 사형 집행을 참관하고 모두
나와 있었다. 허 기획관도 구치소장과 함께 마지막으로 사형장을
빠져나왔다. 인근 법무부 버스에도 정 기자와 김 위원이 타고 있

었으니, 극철위 모두가 구치소 사형장에 다 모여 있는 셈이었다.

참관인 검사를 대신해 과거 부장검사를 역임한 이 상임위원이, 입회 서기 겸 명적과 직원을 대신해 허 기획관이 참석한 것이었다. 허 기획관은 근우의 유언을 받아 적었다. 역대 사형 집행 참관인으로는 가장 무게감 있는 인적 구성이 아닐 수 없었다.

임 장관과 강 수석이 대통령에게 보고하기 위해 먼저 자리를 떴다. 백 위원장과 이 상임위원도 뒤이어 돌아갔다. 연출교도관들이 구치소장과 교정본부장에게 보고한 후 귀가 차량에 올랐다. 구치소장도 정 교정본부장에게 경례한 후 자기 사무실로 돌아갔다. 정 본부장은 허 기획관에게도 귀가를 권했지만, 시신이 장기 기증을 위해 병원으로 향하는 걸 확인하겠다며 퇴근을 조금 미뤘다. 그리고 요리사 X에게도 전할 말이 있으니 그 후에 돌아가겠다고 말했다.

사형 집행 당일, 7:45

구급차가 시신을 싣고 구치소를 나서자, 허 기획관이 법무부 버스에 올랐다.

정 기자는 이미 기사를 작성하기 시작했고, 김 위원은 곯아떨어져 있었다. 사복 차림의 연출교도관들이 조금은 풀어진 자세로 경례했다. 허 기획관은 정 기자에게 다가가 말했다.

"모두 끝났습니다. 이제 돌아가셔서 쉬셔도 됩니다. 고생 많으셨습니다.”

뒤돌아서는 허 기획관의 등 뒤로 정 기자의 비수가 날아와 꽂혔다.

“김근우 씨가 해리성정체장애를 앓고 있다는 걸 알게 되었으면 바로 사형 집행을 정지시켜야 하지 않았나요? 사형을 강행하신 건 잘못된 거 아닙니까?”

허 기획관이 뒤돌아서서 대답했다.

“기자님은요? ……저는 제 일을 다했습니다만…….”

정 기자가 애써 대답을 찾고 있을 때, 허 기획관은 정 기자에게는 가벼운 목례를, 연출교도관들에게도 푹 쉬라고 인사하고는 버스에서 내렸다. 법무부 버스는 바로 구치소를 빠져나갔다.

허 기획관은 마지막으로 요리사 X의 버스에 올랐다. 요리사 X는 심심해서 그랬는지 몇 개의 풍선을 더 불어 놓고 있었다. 어떤 풍선엔 사람 얼굴도 그려져 있었다. 허 기획관은 풍선의 얼굴을 애써 외면했다. 아들을 먼저 보낸 아비가 홀로 있는 시간에 무심코 그린 얼굴이라면, 하는 생각에서였다.

허 기획관은 근우의 마지막 식사에 대해 빠짐없이 얘기했다. 그리고 받은 느낌까지 보태어 전했다. 요리사 X는 끝까지 경청한 후, 근우의 자료를 모두 돌려줬다. 자료는 마침표를 찍는 느낌으로 돌아왔다. 허 기획관은 묻고 싶은 것이 많았지만, 그러지 않았다. 조금 비워 두는 편이 조금 더 여유로울 것도 같았기 때문이다. 그런 생각이 전달되었는지, 요리사 X가 먼저 말을 꺼냈다.

"모두에게 만족스러웠다면 다행인 거지요. 음식이 흉금을 열어낼 수 있었다니 저 역시도 기쁩니다. 수형자들은 따뜻한 음식과는 가장 거리가 먼 사람들이죠. 음식을 언어로 보면 그래요. 온기가 깃든 음식은 백 마디 훈계보다 훨씬 더 설득력 있다는 걸 대개는 잘 모르죠. 저는 근우, 정우 씨 모두에게 따뜻한 인사를 건네고 싶었어요. 그게 답니다."

정 기자가 휴대폰의 전원을 켜는 순간 밀린 소식들이 존재를 알렸다. 하지만 신문사로 돌아가지 않고 집으로 향했다. 신문사로 가서 어제, 오늘의 일을 기사로 만든다면 너무 상투적인 글이 나오지 않을까 싶었기 때문이다. 생각을 정리할 시간이 필요했다. 운전하고, 차를 세우고, 샤워한 후 노트북을 펼쳐 책상에 앉을 때까지 귓전에서 맴도는 말이 있었다.

'정 기자님은요? 뭐, 내가 양심의 가책을 느껴야 한다고 생각하는 거야? 사형 집행의 실상을 기록하고 고발하기 위해 간 사람과, 사형 집행을 계획하고 실행한 사람들이 같다고? 나에게 그 흉악한 계획을 막지 못한 책임이라도 있다는 거야? 기자에게 행동하

라고 얘기하는 거야?'

정 기자는 쉽게 기사를 시작하지 못했다. 허 기획관에게 쏘아붙
인 책임이 고스란히 자신에게 돌아와 있는 느낌을 떨쳐 버릴 수
없었기 때문이다. 한참을 고민한 끝에 노트북 키보드를 두드렸다.

대통령이 빙긋 웃으며 신문을 내려놓았다. 임 장관이나 강 수석
역시 이미 여러 번 읽은 신문을 함께 내려놓았다.

"나는 이 대목이 좋더라! 특히 사형수를 위한 마지막 식사는 실
행 당국의 노력으로 본래의 의도대로 마지막 만찬처럼 받아들여
질 수 있었고, 그 결과 사형수의 만족을 끌어냈다는 것에 동의하
지 않을 수 없었다."

"아마 여론도 그 대목에 관심을 가질 겁니다."

"정말?"

"그렇게 만들어야죠."

"이번 기사가 여론에 어떤 영향을 줄까요?"

강 수석이 우물쭈물 눈치를 보다가 어렵게 말을 꺼냈다.

"저도 걱정했던 것보다는 우호적인 기사라고 생각합니다. 사
형 집행을 찬성할 리 없다는 건 이미 알고 있었잖습니까? 오히려
정부 입장만을 반영했더라면 거부감이 컸을 겁니다. 사형 집행
과정에서의 인도적인 배려에 대해서도 언급해 주고 있으니까 이

정도라면 우리 입장에선 최선의 결과라고 할 수 있지 않을까 싶습니다."

"저도 강 수석과 같은 생각입니다. 사형 집행을 근본적으로 찬성하는 사람은 많지 않습니다. 저희도 강현태 사건만 없었으면 하지 않았을 거고요. 어쨌든 강현태 사건으로 인한 비난은 많이 수그러들지 않을까, 생각합니다. 아마 여론도 이제부터는 서서히 강현태를 위한 교수대를 세울 겁니다."

"그렇게만 된다면 정말 좋겠어요. 하여간 다음 총선 때까지는 표 관리를 확실하게 해야 하니까, 그때까지만 잘 부탁드릴게요. 여론에 촉각을 세우시고 사형 집행을 계속해야 할지 그만둬야 할지를 결정합시다. 위원장님이 좀 더 신경 써 주세요."

여론의 반응은 청와대의 기대와는 달랐다. 훨씬 더 웃도는 것이었다. 오히려 마지막 식사가 불편하다는 사람들도 있었다. 사형수에게 더 큰 고통을 안겨 주라는 편의 사람들에게는 아쉽다는 반응이었다. 하지만 그들은 모두 사형 찬성자들이었으니 정부는 크게 개의치 않았다. 그들은 동시에 정부의 결단력에도 긍정의 신호를 보냈다. 그리고 여러 가지 이유로 중간 지대에 있던 사람들도 사형 집행에 동의하는 쪽으로 움직이고 있다는 신호도 감지됐다. 여론 조사의 수치가 이를 증명했다. 폭은 아주 미미했지만 현 정부 들어서 처음으로 보는 상향 곡선이었다. 엠네스티 코리아의 노력으로 피해자 유가족 중 일부가 범죄자를 용서하고 사형 집행으로 아무것도 얻을 수 없다는 뜻밖의 인터뷰도 있었지만, 여론은 이미 정해진 길을 가고 있었다. 사형 집행이 흉악 범죄를 누그러뜨리지 못할 것이라는 과학적인 근거도 소용이 없었다. 정부 당국은 엠네스티 아시아 지부의 인권 운동가들이 대거 입국한다는 정보를 사전에 입수했다. 몇몇 과거 과격 시위를 주도했거나 참여했던 인사들의 입국이 거절되었다. 어떤 기사에서는 인권을 위한 과격 시위란 것이 앞뒤 안 맞는다면서 마치 테러리스트처럼 몰아가기도 했다. 이 검열을 통과한 인권 운동가들은 결국 입국해서 다른 인사들과 합류했다. 그러나 공영방송은 이들의 입국 모습을 영상에 담으면서 그들의 럭셔리한 캐리어나 입고 있는 의상의 상표를 줌으로 확대해 보도했다.

이런 와중에 정작 놀라서 당황하고 있는 건 시민·인권 단체 회원들이었다.

"정말 할 줄은 생각도 못 했어. 지지율 좀 끌어올려 보겠다고 쇼하는 줄 알았지."

"여론에 밀려서 고민하고 있다고 할 때 눈치챘어야 했는데 말이야."

"엠네스티 친구들은 어디 갔어?"

"그 친구들도 소식 듣고 넋이 빠졌더라고. 취재 나갔을 거야, 아

마. 설마 한국이 다시 사형을 집행하리라고 생각도 못 했을 거거든. 아무리 못나도 이렇게 못났을 거라고는 생각하지 못했던 거 같아."

"하긴 자기 나라에서도 여전히 사형을 집행하지만 꿈쩍도 못 하잖아."

"그래도 그런 말 마라! 막아 보겠다고 남의 나라까지 왔는데."

"이제 어떡하지? 선수를 뺏겨 버렸으니? 그렇다고 다시 살려 내라고 할 수도 없잖아?"

정 기자가 천막으로 들어왔다. 이들 대화의 말미를 듣고는 씩씩하고 자연스럽게 대화에 끼어들었다.

"뭐 하긴요? 다음번엔 확실히 막아 내야죠."

"다음번? 그럼 또 있어?"

대통령 관저엔 사람 대신 마네킹으로 붐볐다. 옷을 걸치지 않은 것이나, 상의나 하의만 걸친 것도, 원단을 휘감은 것들도 보였다. 속옷만 입은 대통령은 낮은 단상에 올라가 있었고, 재단사가 그런 대통령의 몸을 사정없이 재고 있었다. 재단사의 조수도 덩달아 바빴다. 대통령의 요구 사항이나 제 스승인 재단사의 기록 사항을 정신없이 기록하고 있었다. 대통령은 몸은 마네킹의 포즈를 취하면서도 관저로 들어서는 임 장관을 반겼다.

"어이, 임 장관. 수고했어요! 정말 수고 많았어요! 강 수석에게 중요한 보고는 이미 받았어요. 위기를 기회로 완벽하게 바꿔 줬어요. 당신은 미다스예요, 미다스! 프랑스로 아주 편안한 마음으로 나갈 수 있게 되었어요. 정말 고마워요!"

"감사합니다."

"내가 돌아오면서 당신과 강 수석이며 다른 위원들에게도 선물을 좀 준비할까 합니다. 기대하셔도 좋습니다. 저도 기쁜 마음으로……."

"대통령님, 그 선물 조금 미뤄도 될까요? 더 큰 선물로 받고 싶은데요?"

대통령이 진지한 표정으로 기대감을 감추려고 노력했다.

"그래요? 꼭 그래야 하겠습니까? 더 좋아질 게 있나요?"

대통령이 살짝 재단사를 의식했다.

"아직 부족합니다. 좋아진 건 분명하지만 여전히 아무것도 할수 없는 정도지요. 그래서 선물 받기에도 좀……."

"그래요? ……허리가 좀 끼는 것 같아. 조금 넉넉하게 해 주면 좋겠어. 되겠지?"

재단사에게 하는 소린지 임 장관에게 하는 소린지 분간할 수없었지만, 임 장관을 향해 씨익 웃는 폼이 '이만하면 대답이 되겠지?' 하는 표정이었다.

대통령만 지지율이라는 선물을 받은 건 아니었다. 어쩌면 가장 큰 수혜자는 언론일지도 몰랐다. 한 사형수의 사형 집행으로 언론은 물 만난 물고기처럼 생기를 찾았다. 이번에도 한 종편은 특집을 편성, 김근우의 사형 집행을 드라마처럼 재연했다.

얼굴이 많이 알려진 진행자가 대형 창고를 배경으로 카메라 앞에 서 있다.

"저희 방송국에서는 시청자들의 알 권리를 위해 사형수 김근우 씨의 사형 집행을 심층 보도한다는 취지에서 거의 똑같은 환경을 만들어 재현해 볼 생각입니다. 지금 제 뒤로 보이는 대형 창고 안에는 서울구치소의 일부가 세트로 만들어져 있습니다. 특히 이번 사형 집행을 위해 특별히 만들어졌다는 임시수용실과 오래된 사형장, 그리고 기존 재소자들도 함께 사용하는 운동장이 매우 유사하게 만들어져 있습니다. 특히 사형수 김근우의 심리를 전달하기 위해 특별히 모신 분이 있습니다. 중견 배우 이성우 씹니다."

화면 밖에서 황토색 수형복에 빨간 이름표(김근우)를 붙인 배우 이성우가 짧은 머리를 어색한 듯 쓰다듬으며 진행자에게 다가온다.

"안녕하세요. 배우 이성웁니다."

"수형복이 잘 어울린다고 해도 괜찮을까요? 혹시 경험이 있습니까? 물론 연기로 말이죠."

"물론 경험이 있습니다. 8년 전쯤에 〈버려진 자식〉이란 작품에서 수형자를 연기한 적 있습니다."

"사형수였나요?"

"아닙니다. 그땐 무기수였습니다."

"무기수와 사형수는 감정선이 좀 다르지 않을까요? 오늘은 사형수 김근우의 입장을 들여다볼 텐데요?"

"물론 사형수와 무기수는 아주 다를 겁니다. 하지만 무기수가 옥중에서 자살한다는 설정이었기 때문에 상당히 비슷한 점도 있다고 생각합니다. 사실 사형 집행이 20여 년 동안 없다 보니 스크린에서도 사형 집행이 사라진 걸로 볼 수 있거든요. 아마도 사형수 역할을 연기하기에도 제가 제일 적합하지 않나 싶습니다. 사형수 역할을 하셨던 선배님들은 대부분 돌아가셨으니까요."

"그렇군요. 이성우 배우를 캐스팅한 이유가 거기에 있었군요. 준비 되셨으면 들어가 볼까요?"

"그러죠. 먼저 들어가서 준비하고 있겠습니다."

이성우 배우는 육중한 창고의 문을 열고 씩씩한 걸음으로 들어간다. 그 뒤를 진행자와 카메라가 천천히 따라간다.

대형 창고 안은 이리저리 옮겨 다니는 촬영 세트와 스태프들로 분주하다. 지미-집 카메라가 세트 안을 구석까지 살핀다. 이성우 배우는 '① 미결수용실' 간판이 붙은 세트장으로 들어갔다. 진행자는 창문을 통해 안을 들여다본다.

배우 이성우는 사형수 김근우가 되어 방 가운데에 가만히 앉아 있다. 창문 밖에서 진행자가 멘트를 한다.

"지금 시간은 아직 기상 시간이 아닙니다. 그런데 사형수 김근우는 벌써 일어나 있습니다. 뭔가를 예감한 걸까요? 아니면 평소 생활 습관 때문일까요? 깨어서 앉긴 했지만 뭔가 어색한 자세로 바닥을 뚫어져라 내려다보고 있습니다. 이제 뭔가 시작되려나 봅니다."

"큐!" 프로듀서의 신호가 들려왔다. 바깥에서 대기 중이던 연출교도관들(대역 배우)이 신발을 신은 채로 미결수용실로 들이닥쳐 앉아 있던 김근우의 양팔을 잡아 일으켜 세웠다. 곧이어 교정기획관(허태수 이름표를 붙인 대역 배우)이 성큼성큼 들어오더니 김근우를 향해 명령한다.

"사형수 김근우에게 법무부는 전방을 명령한다. 실시!"

김근우(역)가 연출교도관들(역)의 손길을 뿌리치며 창살을 붙잡고 매달린다. 김근우(역)는 정면 카메라를 향해 "나, 가지 않을래! 뭔가 잘못된 거야! 가지 않을 거야!" 하며 울부짖는다. 연출교도관들(역)이 모두 달려들어 김근우(역)의 팔다리를 잡고 방에서 끌고 나온다. 모두 '② 임시수용실' 간판이 붙은 세트장으로 향한다. 세트 뒤 숨어 있던 스태프들도 다음 세트장으로 함께 우르르 몰려간다. 그 뒤를 지미-집 카메라가 바쁘게 따라붙었다. 사라진 곳에서는 여전히 김근우(역)의 "가지 않을래! 돌아갈래!" 하는 소리가 아득히 들려온다. 진행자도 천천히 임시수용실 쪽으로 걸음을 옮기며 멘트한다.

"기록에 의하면 사형 집행 하루 전, 오전 6시 15분경에 임시 미결 수용실로 전방이 완료되었다고 합니다. 이곳 임시수용실은 가끔 교도관들이 체력 단련을 하던, 조금 한가한 창고였다고 합니다. 한번 들어가 보겠습니다. 넓은 로비 한가운데에 철창이 있습니다. 철창 안에는 입구에서 제일 먼 구석에 1인용 침대가 있고, 맞은편에 작은 냉장고 하나, 중앙엔 4인 테이블, 출입구 정면의 침대 측면으로 양변기와 세면대가 있습니다. 지금 사형수 김근우는 침대에 걸터앉은 채로 오른손은 수갑에 채워져 침대 머리에 고정된 상태입니다."

진행자의 멘트를 들었는지 김근우(역)가 수갑 찬 손을 잡아당겨 금속성의 '찰그랑찰그랑' 소릴 냈다.

"철창 밖에는 4인용 테이블 두 개가 칸막이에 둘려 있습니다. 이곳에는 허태수 특임교정기획관과 김종근 시민위원 그리고 정현정 인권일보 기자가 위치할 예정입니다. 그리고 연출교도관 두 명도 이곳에 교대로 나와서 휴식을 취할 예정입니다. ······ 철창에 면해서 커다란 물탱크도 보이는군요. 세면대나 양변기, 샤워 물로 쓰이겠죠? 그리고 지금 수갑 찬 김근우 앞으로 4인용 테이블엔 허 기획관이 앉아 있습니다. 그리고 그 뒤로 연출교도관 두 명이 서 있습니다. 이때 허 기획관이 사형수 김근우에게 의미심장한 말을 하게 됩니다. 이들의 대화를 들어 보시죠."

"오늘 저녁은 김근우 씨가 먹고 싶은 걸 만들어 드릴 겁니다. 이 세상에서 마지막으로 먹을 수 있는 식삽니다. 그러니 잘 생각해서 말씀해 보세요."

"저는 큰 죄를 짓고 수인의 몸이 되었습니다. 제가 어떻게 따뜻한 음식을 요청하겠습니까? 그냥 주는 대로 먹겠습니다. 제게 정히 온정을 베풀고 싶으시다면 담배나 한 대 피우게 해 주십시오."

"비록 흉악 범죄를 저지른 사형수라지만 마지막 식사는 사회가 드리는 최소한의 온정이라고 볼 수 있습니다. 당신에게 보장할 수 있는 마지막 인권이기도 하고요. 알겠습니다. 저희가 알아서 준비하도록 하겠습니다. 그리고 담배와 음료도 넉넉히 드리도록 하겠습니다."

연출교도관(역)이 김근우(역)의 수갑을 풀어 준다. 김근우(역)가 테이블에 앉아 허 기획관(역)이 주는 담배를 입에 문다. 교정기획관(역)이 불을 붙여 주자, 김근우(역)가 담배 한 모금을 깊이 빨고는 속에 있던 말을 꺼내 놓으며 흐느낀다.

"이곳에서 저, 사형수 김근우는 또 한 번의 죽음을 맞이한 셈입니다. ……사형수들은 여섯 번 죽음을 맞는다는 얘기가 있죠? 1심 선고 때, 2심 때, 3심 확정 판결 때까지 세 번 죽고, 지옥 삼거리에서 사형장으로 돌아설 때 또 한 번, 사형장을 봤을 때 또 한 번, 그리고 교수대에서 여섯 번째로 마지막 죽음을 맞는다고 말이죠. 그런데 한 번 더 추가해야겠습니다. 방금 전 교정기획관님이 마지막 식사를 물을 때, 말이죠. 이제 사형수는 모두 일곱 번 죽는다는 걸로 고쳐 써야 할 겁니다."

연출교도관(역)이 식판에 김근우의 점심 식사를 가져온다. 김근우(역)가 고개를 흔들어 식사를 거부하더니 담배를 한 대 더 꺼내 문다. 담배를 피우는 동안 보건의(역)가 들어와 혈압과 맥박을 체크하고 돌아간다. 철창 밖에 있던 연출교도관(역)이 큰 공기청정기를 추가로 설치한다. 김근우(역)는 교정기획관(역)과 연출교도관(역)에 이끌려 임시수용실을 나갔다 잠시 후 돌아온다. 카메라가 비추는 벽시계의 분침이 빠르게 한 바퀴 돈다. 시계 아래에서 진행자가 멘트를 한다.

"사형수 김근우는 점심을 사양하고 담배를 한 대 더 태웁니다. 그 이후 보건의가 나와 간단한 건강 체크를 한 후 돌아가죠. 그리고 교정기획관 인솔로 야외 운동장에서 바깥 공기를 마시고 돌아옵니다. 그리고 오후 5시 50분, 김근우는 인생 끝자락에서 가장 중요한 인물을 만나게 됩니다."

임시수용실로 들어선 인물은 정현정 기자를 연기하는 대역 배우와 실제의 시민위원 김종근이었다. 김종근은 임시수용실로 들어서자마자 김근우의 손을 잡고 따뜻하게 미소 지었다.

"바로 저희에게 당시 그 안에서의 일들을 생생하게 자문해 주신 시민위원 김종근 씨입니다. 지금 보고 계신 김종근 위원은 대역이 아닌 본인이십니다. 잠깐 만나 보도록 하겠습니다. 김종근 위원님!"

김종근 위원이 진행자를 향해 잰걸음으로 걸어와 카메라를 향해 인사했다.

"안녕하십니까. 시민위원 김종근입니다."

"이렇게 직접 나와 주셔서 감사합니다. 저희가 당시를 재현하는 데 큰 도움이 되었습니다. 분위기를 좀 설명해 주시겠습니까?"

"아, 그러겠습니다. 저희가 도착한 때가 늦은 오후쯤이었습니다. 해가 기울어서 그런지 교도소 철창 안은 그야말로 암울함 그 자체였습니다. 이미 사형 집행 소식을 들은 사형수가 있는 공간이 어떻겠습니까? 느낌으로도 매우 추웠던 것 같습니다. 그래도 할 수 있는 걸 다 하기로 다짐했죠. 김근우에게 따뜻한 말을 건넨다거나 마지막 식사나 기타 인권이 잘 지켜지는지 지켜보기로 한 겁니다."

"마지막 식사는 어땠습니까? 정현정 기자의 표현처럼 사형수의 마음을 움직였던 것 같습니까?"

"글쎄요. 음식 냄새는 정말 좋았던 기억입니다. 반면에 저희 참관인들에겐 도시락을 지급하더군요. 참 서운했지만 그래도 임무를 망각할 수 없었습니다. 사형수에게 제공된 식사는 아주 평범한 가정식이었습니다. 그게 오히려 좀 울컥했을 수는 있었겠죠."

"정 기자의 기사는 아주 의미심장한 얘기를 하고 있습니다. 김근우에게 해리성정체장애가 있을 수도 있다고요. 그렇다면 재심의 여지가 있을 수도 있다, 뭐 그런 내용인데요. 어떻게 된 건가요?"

"그래요? 그건 제가 못 들은 건데요? 의사도 없었는데 그런 얘기가 있었대요?"

"혹시 피곤해서 잠시 주무신 건 아닌가요?"

"아니, 무슨 소리세요? 계속 집중해 지켜보고 있었습니다. 식사 중에 잠시 스쳐 가는 이야기가 있었는지는 모르겠습니다. 정 기자는 아무래도 이슈를 만들어야 하는 사람 아니겠습니까? 나중에 확인할 수도 없는 거고요? 만약 김근우가 그런 기회가 있었다면 놓쳤겠습니까? 죽기 직전인데요? 없어도 있다고 할 판인데……."

"아, 잘 알겠습니다. 나머지 부분도 잘 부탁드리겠습니다."

"마지막으로 한 말씀 드리겠습니다. 현장 분위기는 저나 정 기자 이외에는 들려드릴 수 없는 겁니다. 공무원들은 자리를 내려놓기 전엔 언론에 제보할 수 없죠. 그리고 정 기자 얘기는 아무래도 사실을 좀 과장하는 측면이 없다고 할 순 없잖습니까? 그러면 당시 상황을 가장 정확히 전달할 사람은 바로 저 아니겠습니까? 제 아이들 학교 행사도 포기하고 간 사람입니다. 작지만 자신을 희생한 사람입니다. 언론사에서는 이 점을 중하게 생각해 주시길 바랍니다. 그럼, 나머지 장면도 잘 시청해 주시길 바랍니다."

"듣고 보니 김종근 위원의 말씀도 일리가 있는 것 같습니다. 김 위원의 자문을 받아 재현하고 있는 저희 방송이 사실과 가장 가깝다는 얘기도 되는 거죠. 잠시 후 사형수 김근우는 마지막 식사를 하게 됩니다. 보시죠."

교정기획관(역)과 연출교도관(역) 한 명이 카트에 마지막 식사를 가지고 철창 안으로 들어온다. 김근우(역)는 훈훈한 분위기 속에서 마지막 식사를 하면서 이따금 오열한다. 식사 후 그릇을 가져가는 교정기획관(역)에게 연신 고맙다는 인사를 한다. 잠시 후, 소등되지만 완전히 어두워지지는 않는다. 침대 머리에 김근우(역)의 오른손이 수갑에 채워지고, 철창 안 테이블엔 연출교도관(역) 두 명이 김근우를 바라보는 자리에 앉는다. 철창 밖 테이블에는 교정기획관(역), 시민위원 김종근(본인), 정현정 기자(역)와 연출교도관(역) 두 명이 자리한다. 카메라는 잠들지 못하는 김근우(역)의 얼굴을 클로즈업한다. 몸을 들썩이며 흐느낀다. 다른 카메라는 역시 잠들지 못하고 고뇌에 찬 김 위원의 얼굴도 클로즈업한다. 잠시 2분할 된 화면에 사형수 김근우와 시민위원 김종근의 얼굴이 나란히 클로즈업된다. 김 위원이 동이 트는 창을 바라보며 흐르는 눈물을 손수건으로 닦아 낸다. 김 위원이 조용히 일어나 김근우(역)를 흔들어 깨운다. 김근우(역)는 바로 눈을 뜬다.

"깨워 주셔서 감사합니다. 악몽을 꾸고 있었거든요."

김 위원은 말없이 미소로 대답했다. 김근우(역)는 실제로는 물을 틀지 않고 샤워기에서 나오는 연기로 장면을 연출한다. 샤워기 물소리가 배경 음향으로 깔렸다. 김근우(역)는 샤워를 마친 후 사형복으로 갈아입고 준비를 마친다. 김근우는 뒤늦게 일어나 다가온 교정기획관에게 부탁해 마지막 담배를 피우며 하염없이 눈물을 흘린다. 담뱃재가 손등으로 떨어져도 아랑곳하지 않았다.

"교도관님, 그거 아세요? 저 지금 무지 후회하고 있어요. 왜 그랬을까 싶은 겁니다. 진작 깨달았어야 했는데……."

"이제, 그만 일어나지. 죗값을 치러야 할 시간일세."

교정기획관(역)이 앞에 서고 연출교도관(역) 두 명이 양옆에서 팔짱을 끼워 임시수용실을 나선다. 김 위원과 정 기자(역)가 그 뒤를 따라나선다. 모든 스태프와 카메라가 '③ 지옥 삼거리' 세트장 쪽으로 향한다. 사형수 김근우(역)가 버둥거리며 온몸을 떤다. "나는 죽고 싶지 않아!"를 계속해서 외친다. 김 위원이 카메라를 향해 '데드 맨 워킹'이라고 입 모양으로 여러 번 말한다. 자막으로 '데드 맨 워킹'이 깜빡였다. 배경음악으로 말러의 뤼케르트 가곡 〈세상은 나를 잊었네〉가 은은하게 흘렀다. '지옥 삼거리'에서 사형수 김근우(역)의 몸부림은 절정에 이른다. '지옥 삼거리'에서 '④ 사형장' 세트장으로 방향을 튼다. 진행자가 운동장 쪽으로부터 지옥 삼거리로 다가온다.

"이제 사형수 김근우는 사형장에 도착했습니다. 이제 그에게는 단 몇십 분의 시간만 남았습니다. 이제 이 안에서 그는 인생의 마침표를 찍게 될 겁니다. 김근우에겐 인생의 가장 진한 마지막 부분이 남아 있습니다. 잠시 후에 계속해서 지켜보도록 하겠습니다. 60초 후에 뵙겠습니다."

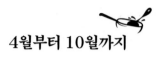

4월부터 10월까지

사형 집행을 바라보는 관점은 방송국마다 약간의 차이가 있었지만 대부분 마지막 식사에 방점을 찍었다. 어떤 프로에선 음식마다 QR코드가 인쇄된 표찰을 붙여서 레시피 링크를 걸었고, 요리 분야와 심리 전문가들이 세트장에 직접 출연해 필요한 대목에서 해설을 달았다. 그들은 초란을 준비해 달라는 요리사의 심리 상태라든지 나물된장찌개를 선택한 안목에 침이 마르도록 칭찬했다. 물론 쌍란의 대목에서는 스릴러의 반전 못지않게 드라마틱하게 구성했다.

심지어 사형수(대역)가 먹고 있는 계란찜을 파헤쳐 소금 대신 새우젓으로 간을 한 건 상당한 센스라고 덧붙이기까지 했다. 그렇게 요리사 X는 마치 음식으로 잔인무도한 사형수를 무릎 꿇린 영웅처럼 묘사되었다. 몇몇 요리 전문가들은 요리사 X를 사찰에서 식사를 담당했던 파계승일 거라고 추측했고, 또 어떤 이는 국내 유명 호텔을 지목하면서 그쪽 요리사 라인 중 한 사람일 거라며 예측하기도 했다.

온라인의 경우는 더욱 고약한 사례들이 속출했다. 바로 다음 사형수를 예측하는 일명 '교수형 로또' 사이트들이 우후죽순 만들어진 것이다. 60여 명의 사형수 중에 다음 대상자가 누구일지와 어느 구치소 혹은 교도소에서 사형될지를 맞히는 게임이었다. 당연히 사형장과 사형수를 함께 맞히는 쪽 배당금이 가장 컸다. 사람들은 사형수들의 범죄행위는 물론이고 그들의 개인사를 정리한 정보들을 사는 데 기꺼이 돈을 지불했다. 소위 '족보'라고 불리는 족집게 정보들도 나돌았다. 사형수들은 감방에 앉아 발가벗겨진 채로 유명세를 탔다.

정현정 기자도 요리사 X에게 강한 호기심을 가지게 됐다. 사형제도의 정당성이나 정부의 숨은 의도, 사회정의의 실현이 무엇일까, 하는 기자가 마땅히 가져야 할 의문보다 요리사 X에게 끌리는 자신이 못마땅했지만 어쩔 수 없었다. 마지막 식사를 목격한 이후부터 그게 마음대로 되지 않았다. 하지만 그 궁금증은 언론과 대중이 갖는 관심과는 사뭇 다른 것이었다. 언론과 대중의 궁금증이 '가려져 알 수 없다'는 이유에서 오는 반사작용 같은 것이라면, 정 기자의 그것은 '그의 만찬을 접한 사형수의 반응을 본 사람'으로서 갖는 보다 근본적인 물음이었다. 음식이란 언어로 근우(정우)와 요리사 X 간의 친근한 대화가 오갔던 건 아니었을까, 하는 물음. 실제로 허 기획관을 통해 한 차례 질문과 답변이 오가기도 했지만, 정 기자는 현장에서 더욱 진한 정감이 오간 걸 느낄 수 있었다. 마치 탱글탱글한 계란찜의 뚜껑을 열면 "왜 그랬어?" 하는 질문이 건네어지고, 그 계란찜을 양껏 떠 입 안에 넣고 뜨거운 김을 후후 불면서 행복해하면 "그러게요. 내가 왜 그런 짓을 저질렀을까 후회돼요. 너무 어리석었어요." 하는 대답이 돌아오는 것처럼 느껴졌던 것이다. 요리사 X는 계란찜, 계란노른자절임에 따뜻한 밥, 나물된장찌개와 '동동'으로 다가갔고, 근우와 정우는 자신의 비밀을 고백하고 죄를 뉘우치는 것으로 나름 진지하게 대답했다고 생각하는 것이다.

근우(정우)는 잔혹한 범죄를 저질렀고, 그 처벌로 오랫동안 감금되었다가 끝내 사형에 처해졌다. 정 기자는 근우(정우)가 긴 세월 교정·교도 시설의 신세를 졌지만 정작 '이름값'은 요리사 X의 한 끼 음식이 대신한 느낌이 들었다. 주홍 글씨를 새기고 감금하고 방치한 긴 세월. 결국 후회와 반성을 끌어낸 교정·교도는 요리사 X의 따뜻한 밥이 다한 건 아닌가 싶은 것이다. 오히려 죄와 처벌 관계에서 마지막 식사로 잔돈을 거슬러 받았다는 느낌을 지울 수 없다. 스스로를 정당화하고 합리화하는 것처럼 느껴졌지만, 자연스럽게 올라오는 의문의 기포는 수면에서 금방 사라지지 않았다. 퇴폐적 낭만주의에 젖어 있는 건 아닌가, 자책하면서도.

극철위 사퇴를 고민했던 정 기자는 편집장에게 전화를 걸어 사퇴 의사를 잠시 보류하겠다고 말했다. 그리고 이번에 다시 사형이 집행된다면 반드시 요리사 X에 대해 파고들 생각이라고도 전했다. 편집장은 당연히 크게 반겼다. 불시에 소집되는 일이 있다면 긴 시간 혼자 있을 반려묘 검비의 사료와 물은 자기가 직접 담당하겠다고 호언장담했다.

임 장관은 정통한 여론 조사 기관의 조사 결과를 들고 대통령을 찾았다. 집무실에서도 재단사는 대통령의 치수를 재고 있었다. 언론에 노출될 때마다 콘셉트에 맞게 새로운 의상을 맞췄고, 점점 화려해져 갔다. 처음엔 완고한 원칙주의자 같은 느낌을 주기 위한 연출이었던 것이 언제부턴가 패션 정치를 하는 사람처럼 보이기 시작했다. 이런 모습이 임 장관에게 곱지 않게 보이는 건 정작 대통령에겐 전달할 메시지가 없다는 문제가 있었기 때문이다. 대통령은 임 장관이 들어서자 재빨리 재단사를 물렸다.

"언론 앞에 설 때는 화려하고 비싼 느낌의 의상을 입어서는 안 됩니다."

임 장관이 질책이 아닌 조언이라는 점을 강조하듯 나지막이 말했다.

"음, 아냐, 아냐. 이건 공식 방문 때문에 준비한 거예요. 연이어 해외 순방도 있고……. 나도 아직 축포 터트릴 때가 아니란 걸 잘 알고 있어요. 그리고 언론에 나갈 때 입는 옷은 비서실에서 별도로 관리하고 있잖아요. 그건 그렇고, 여론 조사 결과 나왔지요?"

"네."

대통령이 수치를 보고 미소를 지었다. 그리고 다음 계획을 물었다. 임 장관은 주저 없이 빠르게 다음 사형을 집행해야 한다고 말했다. 자칫 여유를 부리다가 사형수들에게 연민을 느끼게 할 수도 있다는 이유에서였다. 이제 겨우 취임 때의 절반 정도 지지율을 회복한 것이니 더욱 신속하게 여론에 어필해야 한다고 했다. 대통령이 예상했다는 듯이 고개를 주억거렸다.

"산 정상까지 오를 수 있을까요?"

"이것만으로는 그럴 수 없을 겁니다. 이건 마중물입니다. 여론을 조금 회복한 후에는 정부가 그동안 망설이던 정책을 실행에 옮겨야 합니다. 눈치 보느라 실행에 옮기지 못했던 정책들이 어디 한둘입니까? 이번에 결단력 있는 정부라는 인식이 자리 잡으면 계속 치고 올라갈 동력이 될 겁니다. 그런 후에 최종으로 사형제를 폐지하시면 산 정상에 오를 수 있을 겁니다."

"성과가 좋으면 계속 갈 수도 있는 거 아닌가요? 굳이 잘 달리고 있는데 멈출 필요는 없지 않을까, 싶은데?"

"그렇지 않습니다. 지금 지지율을 견인하는 감정은 분노입니다. 좋은 현상이 아닙니다. 대중의 분노에 먹이를 주는 것으로 당장은 이로울 수 있지만 언젠가는 먹힐 수도 있습니다. 대통령님도 이번 사형 집행에 대해 어쩔 수 없는 정책이며 스스로 고통스럽게 생각하고 있다는 표현을 자주 언급하셔야 합니다. 그래야 나중에 큰 효과를 볼 수 있습니다."

"나, 임 장관만 믿겠습니다. 그럼 부탁드립니다."

임 장관이 가벼운 인사로 집무실을 나서려 할 때 등 뒤에서 대통령의 경쾌한 목소리가 들려왔다.

"지지율도 회복하고 총선에서 승리한다면, 다음 총리는 자네 몫이 될 걸세!"

임 장관이 뒤돌아 허리 굽혀 인사를 하고 집무실을 나섰다.

임 장관은 백순호 국가인권위원회 위원장에게 전화를 넣었다.

"임동수 장관입니다. 듣기만 해 주세요. 대통령님께 보고드리고 나오는 길입니다. 다음 집행도 빨리 진행되었으면 하십니다. 시민·인권 단체나 기타 여러 곳에서 대열을 정비하고 반격할 준비를 하고 있다는 소식입니다. 저희 쪽에서 바로 다음 집행으로 들어가야 여론을 순풍 삼아 앞으로 나갈 수 있다고 생각하십니다. 제가 드린 후보 중에 한 사람 더 뽑아 주셔야 할 것 같습니다. 이번엔 더 빠르게 선별될 수 있을 거라 기대하겠습니다. 되는 대로 저에게 연락해 주세요. 이번엔 선별된 사형수 자료를 가지고 극철위를 소집하겠습니다. 쉬지도 못하게 해서 죄송합니다. 부탁드리겠습니다."

　며칠 후. 이번에도 이명호 국가인권위원회 상임위원이 서류 봉투를 테이블에 올려놓았다. 임 장관은 봉투를 열어 이름을 확인한 후 잠시 눈을 질끈 감았다. 그리고 그대로 강 수석에게 봉투를 넘겼다. 강 수석은 이번에도 봉투를 바로 정 교정본부장에게로 넘겼다. 정 본부장은 허 기획관에게 나지막이 "미스터 리."라고 귀띔했다. 허 기획관이 고개를 끄덕였다. 그 소릴 들은 강 수석이 궁금증을 참지 못하고 물었다.

　"미스터리가 별명인가요?"

　"네, 교정 당국에서는 이 사형수를 '미스터 리'라고 부릅니다. 원래는 '미스터 미스터리'라고 불렸는데, 자꾸 회자 되다가 축약된 겁니다. 저희가 붙인 별명은 아니고요. 사건 터졌을 때 온통 미스터리 투성이고, 성도 이 씨라서 언론에서 붙인 별명이었죠. 93년도에는 아주 유명했던 사건이었습니다."

"아, 제가 마침 미국에서 공부할 때였네요. 그래서 좀 낯설었군요. 설명해 주실 거죠?"

이 상임위원이 선정의 이유를 밝혔다.

"이기수. 현재 나이 66세 남성으로 92년 당시 35세의 젊고 유능한 수학과 교수였습니다. 20대 남녀를 대상으로 한 연쇄 살인 혐의로 체포되었습니다. 그러나 체포란 말이 무색하게 실종자가 생길 때마다 자수와 석방을 되풀이한 바 있습니다. 모두 증거 불충분이었죠. 실종자 신고가 접수되고 언론이 관심을 보이면 자수를 해서 꽤나 구체적인 증언을 하다가, 구속에 가까워지면 수사에 도움이 되고 싶어서 거짓 증언을 했던 거라며 무죄 주장을 반복했습니다. 그렇게 증거 불충분으로 석방되곤 했습니다. 언뜻 보기에도 즐긴다는 인상이 들 정도였다고 합니다. 대중의 관심을 받고 싶은 괴팍한 천재 교수라고 하기도 하고, 또 한편에서는 무능한 경찰에게 범인을 잡을 수 있는 단서를 주고 싶은 총명한 시민이라는 평, 모두가 양립했습니다.

실제로 이기수가 경찰에게 제공한 가설을 당시엔 상당히 신빙성 있는 것으로 간주하기도 했습니다. 그의 추론을 근거로 더듬어 가면 그동안 찾지 못했던 피해자들의 소지품이 발견되거나 목격자가 나오기도 했기 때문입니다. 그러나 항상 그 정도가 전부였습니다. 당시 실종자의 수와 범행에 노출된 피해자가 정확하게 일치하는지조차 아무도 몰랐습니다. 그건 지금도 마찬가지인데, 시신이 발견되지 않았기 때문입니다. 그러나 그의 이중적인 행태는 노모의 증언으로 들통이 나게 됩니다. 서울 외곽의 한 창고 건물에 그의 작업실이 있다는 사실을 진술한 것이죠. 그러나 이번에도 작업실 도구들에선 실종자들의 DNA가 검출되지만, 시신은 찾을 수 없었습니다. 이기수는 이때까지도 여전히 무죄를 주장하다가 수사 과정에서 노모가 자살하자, 자신의 죄를 순순히 인정하고 맙니다. 그리고 이때부터 자신에게 사형을 내려 달라고 주장하고 있습니다. 이때 한 구의 시신 위치도 자백합니다. 마치 한 구의 시신이라도 있어야 사형 판결이 나올 수 있다고 판단한 것처럼 말이죠. 시신은 마치 미라가 된 것처럼 시랍화되어 부패가 거의 진행되지 않았고, 작업실에 있던 은행 열매 한 봉지와 시신의 바지 주머니에서 발견된 깨끗한 은행 한 알의 연관성 때문에 프로파일러들은 그것이 이기수의 시그니처라고 말하기도 합니다. 그래서 어떤 언론에서는 이 사건을 '은행 열매 연쇄 살인 사건'이라고 부르기도 했습니다. 그 이외의 시신은 발견하지 못했지만, 이듬해 사형이 선고됐습니다. 그리고 이기수는 상고하지 않았습니다. 그리고 지금까지 매일 같이 재판부에 편지를 보내는데, 나머지 시신도 발견하지 못한 채 사형을 선고한 무능한 재판부는 차라리 사형 집행을 진행하라는 놀림의 글이었다고 합니다."

임 장관이 선정 기준에 의문을 제기했다.

"나머지 시신 없이 사형이 확정된 건 그렇다 쳐도 이번 사형 집행에서 우선으로 선정된 건 아무래도 납득되질 않는군요. 나중에 재심의 여지가 있었다고 언론이 시비를 걸지 않을까요?"

"남은 케이스보다는 더 확실하다고 판단했습니다. 일단 이기수가 자백한 시신은 그가 처음 경찰서로 방문해서 자백했던 내용과 정확히 일치하고 있습니다. 옆에서 지켜봤다고 해도 이보다 더 정확할 수 없을 겁니다. 게다가 여러 가지 부검 결과로 보아 치밀한 계획 살인이었다고 재판부는 판단했습니다. 그리고 시신에서 스무 곳 이상의 자상이 발견되는 전형적인 오버 킬이라고 판단되는 점 역시 이 사건이 다른 건에 비해 더 극악했다는 쪽으로 기울게 되었던 이유입니다.

그리고 나머지 실종자들의 시신이 발견되지 않았을 뿐이지 실종자들은 모두 발견된 피해자에서부터 시작해 인연이 있는 사람들입니다. 시신이 발견된 첫 피해자는 이기수가 재직하던 대학의 29세 남성 교직원이고, 그 교직원의 27세 여자 친구, 여자 친구의 27세 남성 직장 동료, 직장 동료의 25세 형제, 형제의 22세 여자 친구로 말입니다. 따라서 이기수가 이 첫 번째 피해자를 살해했다면 다른 실종자들 역시 살해했을 것이 확실하다고 재판부는 판단한 것입니다. 물론 시신의 위치를 자백한 첫 번째 피해자에 관한 증거는 모두 검증된 바 있습니다. 이기수 역시 지난 시간 동안 사건에 대해 부정하지 않고 있습니다. 다만……."

"다만, 뭡니까?"

"나머지 시신도 찾으라는 거죠. 퀴즈를 내는 겁니다. 자신이 이대로 죽으면 오히려 너희들이 진 거라고 말하고 싶은 거죠. 미친놈이에요. 실제로 사이코패스 테스트인 PCLR(Psychopathy Checklist-Rivised)도 수석감이고요."

임 장관은 불편한 표정으로 결재 서류에 사인을 했다. 극도로 예민해진 탓인지 마지못해 하는 사람처럼 결재 파일을 넘겼다. 그리고 서두르자는 말 한마디를 남기고 그대로 자리를 떠났다. 그렇게 불과 보름 만에 또 다른 사형 집행이 시작된 것이다.

사형 집행 이틀 전, 13:10

쿡-버스 대신 허 기획관이 운전하는 승용차 한 대가 요리사 X에게 다가왔다. 허 기획관은 차에서 내려 매너 있게 문을 열어 주고는 승용차가 등장한 이유에 대해 설명했다.

"이번엔 조금 다른 방법으로 현장에 가야 합니다. 지켜보는 눈들이 많이 생겨서요. 쿡-버스 세 대는 지난번 집행 이후로 소에서 움직이지 않았습니다. 저희만 몸을 숨겨서 들어가야 할 것 같습니다."

요리사 X는 말없이 허 기획관을 따라나섰고, 허 기획관의 승용차는 과천 정부 청사 콤플렉스로 접어들었다. 승용차는 정부 청사 근처 식당에 세우고, 둘은 안으로 들어갔다. 먼저 화장실에서 교도관 복장으로 갈아입고 태연하게 식사를 했다. 모자를 눌러쓰고 마스크까지 착용하니 누가 누군지 알 수 없었다. 패용한 직원증이 모든 걸 대신했다. 식사 후 다른 직원들에 섞여 법무부로 들어갔다. 그리고 그 둘은 법무부 청사 지하 주차장에 마련된 법무부 호송 버스에 올랐다. 버스 안에는 교도소로 호송되는 수감자들과 교도관들도 함께 타고 있었다. 연출교도관들은 수형복을 입고 있었고, 호송 담당 상급자만이 다른 사람은 눈치채지 못하게 허 기획관에게 살짝 신호를 보냈다.

만약을 위해 호송 버스도 세 대가 동시에 운행되어 다른 교도소로 향할 예정이었다. 버스가 서서히 지하 주차장을 빠져나왔다.

사형 집행 이틀 전, 17:30

교도소 앞에 도착한 호송 버스가 통제를 기다렸다. 교도소 앞에는 이미 언론과 각 시민·인권 단체의 천막이 즐비했다. 아마도 사형장이 있는 다른 곳도 이런 분위기가 아닐까. 시민·인권 단체의 한 회원이 들고 있는 피켓에 '사형은 복수일 뿐!'이란 문구가 선명했다. 그들은 법무부 차량도 고개를 빼고 유심히 지켜봤다. 집행을 반대하는 쪽에서는 언제, 어디에서 사형이 집행될지 모르기 때문에 촉각을 곤두세우는 건 이해할 만했다. 믿을 만한 정보만 확인된다면 모든 에너지를 한 곳에 집중시킬 셈인 것 같았다. 시위는 타이밍과 집중이 생명이라는 사실을 서로는 잘 알고 있었으니까. 언론사 역시 고속도로 변 레커차처럼 주차장에 중계차들을 모두 대기시키고 기회를 엿보고 있었다. 거기에 '교수형 로또' 브로커들까지 뒤섞여 교도소 앞마당은 그야말로 북새통을 이루고 있었다. '교수형 로또'는 인권 단체에서 고안해 낸 고육지책이라는 소문까지 나돌았다. 언더그라운드 조력자들의 도움으로 퍼트린 것인데, 보도 영상엔 이들도 머릿수로 셈해질 수 있을 거란 판단에서였다는 것이다. 사형 집행의 순간을 전 세계에 방송하면서 여론의 힘—머릿수라 할지라도—을 보여 준다면, 정부는 여태껏 그래 왔던 것처럼 결정을 뒤집을 수 있다고 판단한 모양이었다.

허 기획관은 버스에서 내리자마자 모든 사형장 앞마당에 안티 드론 건을 배치하고 감시탑 교도관들에게는 드론 디펜더를 지급할 것을 명령했다. 모두 드론을 떨어트리기 위한 장비들이었다. 시민·인권 단체에선 분명히 무슨 낌새만 있으면 드론을 날릴 게 분명했다. 무엇보다도 이를 무력화시켜야 했다. 교도소장이 직접 시민·인권 단체 천막을 방문해서 절대 드론은 안 된다고 경고했다. 교도 행정을 근본적으로 방해하는 일이며, 드론은 즉각 압수

될 것이고 조종자 역시 체포될 것이라 엄포를 놓았다. 하지만 듣기에 따라서 이 경고는 드론을 날리라는 조언처럼 들릴 수도 있었다. 실제로 시민·인권 단체에서는 교도소장의 경고 직후 드론과 적외선 카메라를 수배했다.

해가 떨어진 후 쿡-버스와 건물 사이 벌어진 틈을 검은 천막으로 가렸다. 사람이 이동하는 것을 들키지 않기 위해서였다. 그리고 관구실에서 휴식을 취하던 요리사 X가 버스에 올랐다. 그리고 가장 먼저 이기수 서류를 천천히 읽어 내려갔다.

사형 집행 이틀 전, 18:40

지는 해가 지평선에 걸리자 시민·인권 단체에서 날린 여러 대의 드론이 사형장이 있는 세 곳, 구치소와 교도소 상공을 동시에 비행했다. 하지만 소음을 들키지 않으려면 고도를 높게 유지해야만 했다. 그중 한 대에는 적외선 카메라가 부착되어 있었다. 쿡-버스에 사람이 탑승했는지를 알아보기 위해서였다. 서울구치소 근처에 마련된 시민·인권 단체 연합 천막 안에는 단체장들이 모여 세 개의 영상을 모니터링했다. 드론은 사형장으로 의심되는 건물 상공에서도 이따금 멈췄다. 집행 전 움직임을 감지하려는 의도였다. 좀 더 일찍 드론을 날려서 식사 준비 시간을 감시하면 좋겠다고 생각했지만 날이 밝을 때 들키기 쉬웠다. 드론이 무한정 있는 것도 아니고 특히 적외선 카메라는 고가 장비에 해당했다. 어차피 마지막 저녁 식사는 사형 집행 하루 전의 일이니까 예상 시간대에 살펴보는 게 필요했다. 마지막 식사 준비를 쿡-버스가 아닌 일반 수형자들을 위한 주방에서 준비할 것에도 대비해 이미 교도소 안의 여러 정보 라인에도 줄을 대고 있었다. 결국 알게 된 사실은 쿡-버스 세 대 모두 지난 집행 이후론 꼼짝도 하지 않았다는 사실뿐이었다.

드론으로 사형장 내부의 움직임을 모니터링하려는 이유는 집행을 저지하는 것에 있지 않았다. 불가항력으로 집행을 막아 낼 수 없다면 불법을 감수하고라도 사형 집행의 현장을 대중에게 실시간으로 전달하겠다는 의도가 숨어 있는 것이었다. 즉 혐오를 불러일으키기 위함인 것이다.

사형 집행 하루 전, 5:30

허 기획관과 연출교도관들이 사형수 이기수의 전방을 집행했다. 기수는 벌써 일어나 작은 책상에 앉아 편지를 쓰고 있었다. 이번에도 재판부를 놀리는 편지일 거라는 게 표정에 그대로 묻어났다. 허 기획관이 전방을 통보하고 연출교도관들이 기수의 양팔을 붙잡으니 기수는 실실 웃으면서 질문 공세를 퍼부었다.

"이제 편지 안 써도 되는 거야? 그런데 형사 놈들이랑 판사 놈들 다 포기한 거야? 아직 사체 부패도 다 진행되지 않았을 텐데?
난 어제도 다녀왔어. 안 찾아도 되는 거야? 뭐 이리 빨리 포기해?
아직 29년밖에 안 됐는데? 30년은 채워야지!"

임시수용실 철창 안 테이블에서 소형 녹음기를 사이에 두고 허
기획관이 저녁 식사의 메뉴를 물었다.

"한번 맞혀 봐요."

기수의 장난기 어린 표정에 허 기획관은 공무원의 표정으로 맞
섰다.

"그럼, 일반식으로 준비하겠습니다."

"아, 농담이에요, 농담. 거, 사람 참……. 아이스크림 애플민트
맛으로 쿼터 사이즈, 영화 보면서 먹을 수 있죠?"

"저녁 식사 시간부터 취침 전까지 가능합니다."

"케네스 브레너 감독 작품 〈환생〉, 원어로는 데드 어게인(Dead
Again)이죠. 1991년 작품이고, 파라마운트 픽처스 배급입니다.
주연으로는 감독인 케네스 브레너와 실제 아내인 엠마 톰슨이 나
와요. 없으면 그냥 〈해리포터〉 시리즈나 빌려주시던가요."

"이게 전부인가요?"

"아뇨. 이건 디저트 말씀드린 거고요. 식사는 살짝 구운 은행 한
알로 하겠어요. 살짝 고소한 냄새가 날 정도로만 구워 달라고 해
주세요. 가능한 한 제일 좋은 접시에 담아 주시면 감사하겠고요."

"담배와 탄산음료도 제공할 수 있습니다."

"사양하겠습니다. 끊은 지 얼마 안 됐어요. 오래 사는 데 도움이 되지 않거든요."

뭔가 피곤한 대화가 지속될 것 같아서 허 기획관은 빨리 자리를 피하고 싶어졌다. 자리에서 일어나려는데 기수가 나지막이 질문을 던진다.

"근데 지난번 집행 이후로 보름밖에 지나지 않은 것 같은데요?"

허 기획관이 철창 앞에서 멈춰 섰지만, 대답은 하지 않았다.

"임동수 장관이 급하긴 급했나 보네……."

기수는 대답을 기다렸던 건 아니었는지 세면대에서 얼굴에 물을 끼얹었다. 허 기획관이 철창 문을 닫고 뒤돌아서자 기수는 다시 한번 혼잣말처럼 중얼거렸다.

"나라서 실망했겠는데? 쯔쯔쯧."

허 기획관은 못 들은 척 방을 빠져나왔다.

사형 집행 하루 전, 6:45

허 기획관은 요리사 X에게 저녁 식사 메뉴를 기록한 소형 녹음기를 건넸다. 그리고 함께 들었다. 메뉴 이외의 대화에 대해서도 요리사 X가 물었다. 허 기획관이 그저 미친놈이 하는 소리이니 신경 쓸 필요 없다고 일축했다. 그러나 요리사 X는 마지막 한 마디까지 놓치지 않으려는 듯 진지했다. 허 기획관이 마지못해 기수의 헛소리(?)를 전해 줬다. 요리사 X가 피식 웃었다. 허 기획관도 따라 웃었다. 허 기획관은 생각보다 많은 재료를 적는 걸 보고 궁금해했다. 하지만 이번에도 메모를 보고 요리사 X를 한번 쳐다보는 걸로 더는 묻지 않았다. 요리사 X는 특유의 무표정으로 어깨를 으쓱해 보였다.

쇠고기(스테이크용 안심 600그램), 브로콜리(100그램), 스파게티 면(100그램), 토마토(한 개), 마요네즈(종이컵 한 컵), 버터(한 컵), 식용유(반 컵), 올리브오일(반의 반 컵), 소금(반 줌), 후춧가루(반의 반 줌), 셀러리(한 줌), 당근(한 개), 양파(두 개), 밀가루(반 컵), 토마토케첩(반 컵), 육수(두 컵), 월계수 잎(한 장), 레드와인(반 병), 꿀(반의 반 컵), 애플민트 맛 아이스크림 파인트 사이즈, 제수용 깐 은행(한 줌), 주사기

허 기획관이 목록을 훑어 내려오다가 맨 마지막 '주사기' 항목에서 '헤에~?' 하는 이상한 소리를 내 버렸다. 묻지 않을 수 없었다.

"주사기요? 어떤 주사기요?"

요리사 X가 대답 대신 팔뚝에 주사를 놓는 시늉을 했다. "왜?"라고 물을까 했는데 "어디서?"란 말이 튀어나왔다. 살 필요 없이 보건실에서 하나 달라고 하고, 바늘도 받아 와야 한다고 말했다. 기

왕이면 두꺼운 편이 좋다고 덧붙이고는 다시 무겁게 입을 닫았다.

허 기획관은 재료를 구하러 시장을 돌아다녔다. 음식 재료는 금방 구해졌지만, 오히려 영화 DVD는 제법 시간이 걸렸다. 마지막이라고 맘먹었던 DVD 방의 사장은 그래도 지방 비디오방이라서 가지고 있지, 너무 오래되어 없는 곳이 대부분일 거라며 은근히 자랑을 늘어놨다. 자기도 그 영화를 기억하고 있다면서.

재료를 넘겨받은 요리사 X는 아이스크림은 냉장고에 넣고, 흐르는 물에 씻을 재료는 싱크대에 그대로 놔뒀다. 그리고 나머지 재료들을 분류하고 손질한다.

쇠고기를 흐르는 물로 살짝 씻고 물기를 잘 닦는다. 그 위로 날리듯 밀가루를 살짝 뿌린 후 연육기(쇠망치)로 적당히 다진다. 쇠고기를 넓적한 쟁반에 담고 아랫부분이 살짝 잠길 정도로 올리브오일을 뿌린다. 그 위로 후춧가루를 살짝 뿌린다. 시간이 지나면 뒤집어 반대쪽도 올리브오일이 스며들 수 있도록 한다. 그 위로 소쿠리를 덮어 놓는다. 그리고 냉동실에 있는 아이스 트레이 모두에 물을 가득 채운다.

사형 집행 하루 전, 12:00

연출교도관이 직접 기수의 점심을 식판에 담아 왔다. 기수는 식판을 보고는 며칠 굶은 사람처럼 허겁지겁 입에 털어 넣었다. 마치 육식동물이 되어 날고기를 물어뜯는 모습처럼 보이기까지 했다. 식판은 어느새 거의 새것이 되어 돌아왔다. 기수의 생활 기록을 보면 하나같이 이 식사 모습을 특징적으로 기록하고 있었다. 30년간 매끼를 이렇게 맹수처럼 먹고 있다고. 그리고 식사 후엔 다시 그 예의 평온한 표정으로 되돌아왔다. 양치질도, 트림도 하지 않았다. 그냥 식사하지 않은 사람이 되어 뭔가를 골똘히 생각할 뿐이었다.

허 기획관이 운동장에서 야외 활동을 할 수 있다고 하자 기수는 고개를 저었다. 기수는 필기도구를 요구했다. 허 기획관이 하얀 종이 몇 장과 끝이 뭉뚝한 색연필을 가져다줬다. 기수가 식판에 달려들 듯 종이에 색연필을 들고 알 수 없는 글들을 갈겨썼다. 어쩌면 그림일 수도. 뜨문뜨문 수학 공식 같은 것들도 있었고, 사람 이름도 보였다. 허태수, 이명호, 강영민, 임동수 등 극철위의 이름을 정확하게 써 내려간 부분도 보였다. 정신이 나간 것 같다가도 가끔은 곁눈질로 놀라고 있는 허 기획관의 표정도 살폈다. 임동수 장관의 이름에 동그라미를 치다가도, 어지러운 화살표들을 연결하고 또 가르고, 저 멀리에 알 수 없는 이름을 쓰고 또 동그라미 치고, 다시 글이나 수식을 정신없이 가깝게 붙여 쓰다가도 또 멀찌감치 띄어서 쓰고 그러기를 반복했다. 지켜보지 않았다면 몰랐을 덧칠해 사라진 이름도 몇 있었다. 어떤 종이엔 한 가운데에 그러다가도 다른 종이에는 한쪽 구석 또는 모서리에만 했던 필기를 반복했다. 보고 있는 것만으로도 멀미가 나고 산만한데, 보건의가 와서 혈압을 재기 위해 한 팔을 들었을 때는 누가 와서 자기 팔을 만지고 있는 것조차 모르는 사람처럼 하던 행위에 집중하는 모습을 보였다.

보건의가 여러 번 장기 기증 의사를 물었지만 아무런 대답도 하지 않았다. 허 기획관은 검은 색연필을 가져다준 걸 후회했다. 연두색이나 파란색이었다면 그런대로 보기 나쁘지 않았을 텐데 하고.

사형 집행 하루 전, 14:00

요리사 X는 기수에게 제공할 노트북에 그가 보고 싶다던 〈환생〉 DVD를 넣고 헤드폰을 착용한 채로 먼저 감상했다.

사형 집행 하루 전, 17:40

법무부 차량으로 정 기자와 김 위원이 기수가 있는 교도소에 도착했다. 둘은 입구에서 교도관에게 몸수색을 받았다. 소지품은 이미 출발 전 법무부에서 제출했고, 이번에도 정 기자는 제 카메라를 맡기고 다른 카메라를 제공받았다. 허 기획관이 둘을 기수에게 소개하려고 하자, 기수는 벌써 그들의 이름을 알고 있었다.

"이쪽이 정현정 기자, 저쪽은 김종근 시민위원. 위원회에서 가장 영양가 없는 들러리들." 하며 헤헤 웃었다.

이 소릴 들은 김 위원이 발끈해서 철창 앞으로 다가가 소리쳤다.

"이 자식, 내일도 웃을 수 있는가 보자!"

기수가 갑자기 온갖 상스러운 욕설과 함께 김 위원의 얼굴을 향해 침을 뱉었다. 그리고 언제 그랬냐는 듯이 씨익 웃었다. 옆에 있던 연출교도관들이 기수를 제압했다. 온몸을 결박하고 입마개를 씌워 침대에 눕혔다. 기수는 금방 눈을 감고 평온을 찾았지만, 김 위원은 얼굴에 묻은 침을 닦으면서도 계속 씩씩거렸다.

허 기획관과 정 기자, 김 위원은 철창 밖 테이블에서 잠시 얘기를 나눴다. 그리고 테이블을 벽 쪽으로 더 옮겨 철창으로부터 멀어지는 걸로 합의를 봤다. 그리고 김 위원이 헤드폰을 쓰는 쪽으로 설득했다. 사형수를 마지막까지 결박하고 입마개까지 씌우는 건 아무래도 피하고 싶었기 때문이다. 기수에게 기회를 주기로 했다. 허 기획관은 기수의 입마개를 조심스럽게 풀고 경고했다.

"또 그러면 내일 아침까지 결박과 입마갤 하겠습니다."

"알겠습니다. 저도 모르게 그랬어요. 김종근 위원께 사과 말씀을 전해 주세요."

기수의 결박을 풀어 주니 다시 테이블 앞에 앉아 또 뭔가를 그리고 쓰고를 반복했다. 조금 전의 소동조차 언제 그랬냐는 듯이.

요리사 X, 약한 불에 프라이팬을 달군다. 불을 끄고 은행 한 줌을 넣고 뚜껑을 닫는다. 그리고 계속해서 흔들어 준다. 약한 열기로 은행의 표면을 고르게 구울 생각이다. 그리고 잠시 놔둔다. 브로콜리를 송이째로 씻어 끓는 물에 살짝 데친다. 데친 물을 버리지 않고 스파게티 면을 넣고 끓인다. 브로콜리와 스파게티 면을 마요네즈와 버터를 두른 프라이팬에서 약한 불에 버무린다. 센 불에 큰 프라이팬 하나를 올려놓는다. 그리고 다른 작은 프라이팬을 불에 올리고 바로 버터와 밀가루를 섞으면서 타지 않고 노릇할 정도로 볶는다. 큰 프라이팬에 올리브오일에 재워 두었던 스테이크 덩어리를 올린다. 스테이크는 양면이 충분히 구워져 내부 육즙이 빠져나가지 않도록 굽는다. 작은 프라이팬의 소스는 토마토케첩을 추가해 짙은 갈색이 되도록 충분히 볶는다. 그리고 육수를 넣고 섞어 주면서 월계수 잎을 추가해 약한 불에서 끓인다. 레드와인과 소금, 후춧가루로 간을 보며 소스를 마무리한다.

요리사 X가 풍선 하나를 골라 천장 환기구에 매달았다. 그리고 허 기획관이 오는 동안 카트에 식사를 세팅했다.

비가 오려는지 하늘이 일찍 어둑해졌다. 이때 서울구치소 주변에 베이스캠프를 차리고 있는 엠네스티 코리아 지부장의 휴대폰이 울렸다. 인권일보의 편집장으로부터 온 것이었다. 정 기자와 연락이 끊겼다는 소식이었다. 이 소식이 무얼 의미하는지는 서로 잘 알고 있었다. 지부장이 일몰 시각을 체크했다. 15분 정도를 남기고 있었다.

"자, 서울구치소, 광주교도소, 대구교도소 앞 캠프에선 바로 드론을 띄우십시오! 이번엔 적외선 카메라도 내보냅니다. 고도를 높게 잡고 접근했다가 버스 주변에서 고도를 낮추시면 됩니다."

적외선 카메라가 달린 드론들은 곧장 이전에 확인한 바 있는 쿡-버스 위로 날아갔다. 한 쿡-버스에서 붉은 물체가 감지됐다. 모니터링 중이던 회원들이 침을 삼켰다. 적외선 카메라는 가끔 빛에 반사된 열도 감지하기 때문에 형태와 움직임을 면밀히 검토해야 했다.

"조금만 고도를 낮추실 수 있나요?"

조금 더 정확한 정보를 얻기 위해서 드론의 고도를 낮추어 갔다. 붉은 열 덩어리가 버스 안에서 이리저리 움직이는 것이 확인됐다. 그러나 누군가 감시탑의 서치라이트가 버스를 비추면 반사된 빛이 버스 전체를 붉은 열 덩어리처럼 보이게도 한다고 설명했다. 회원들은 긴장한 채로 잠시 기다려 보기로 했다. 붉고 커다란 열 덩어리가 움직이다 멈춘 곳에 다시 작은 열 덩어리가 만들어졌다. 회원 중 누군가 낮게 읊조렸다.

"가스 불을 켰는데?"

동시에 붉은 큰 열 덩어리의 형체가 명확해졌다. 사람이었다. 해당 드론이 있는 곳, 영상 하단에 적힌 캡션은 '광주교도소'였다. 조금 전 그 회원의 목소리가 또 한 번 읊조렸다.

"광주교도소 쿡-버스에서 음식이 만들어지고 있는 거지?"

그 순간 드론 영상들이 하나둘씩 꺼져 갔다. 드론들이 모두 연결이 끊어진 채 바닥으로 곤두박질한 것이다.

"공격받은 것 같은데? 어떡하지?" 회원 한 사람이 말했다.

"어떡하긴. 드론은 제 할 일을 다한 것 같은데, 모두 광주로 집결해야지. 최소 인원만 남기고 광주로 갑시다. 아니, 여긴 어차피 로또 확인하는 사람들이 있을 테니 모두 광주로 넘어갑시다!"

사형 집행 하루 전, 18:20

연출교도관 두 명이 조심스레 카트를 쿡-버스에서 내렸다. 돔처럼 생긴 큰 뚜껑으로 덮인 은쟁반은 잠시 빌린 것이지만 매우 고급스럽게 생겼다. 그 큰 은쟁반 위엔 겨우 은행 한 알이 자리하고 있었다. 은행이 넓은 접시 위에서 마구 굴러다니지 못하도록 땅콩버터와 꿀을 섞어 만든 소스를 바닥에 발라 그 위에 고정했다. 그리고 얼음이 가득 채워진 얼음 통 중앙엔 파인트 크기의 아이스크림과 분홍색 스푼이 박혀 있었다. 그리고 카트 아랫단엔 충전된 노트북과 DVD 케이스가 있었다. 허 기획관이 카트를 위아래로 훑어보더니 요리사 X를 쳐다봤다. '그 많은 재료들은……?'

요리사 X는 허 기획관의 눈빛이 무얼 의미하는지 알고 있었지만, 그냥 가져가면 된다는 뜻으로 두 손으로 공손하게 손짓했다. 허 기획관은 이번에도 더는 물어보지 않았다. 기수가 주문한 아이스크림 용량은 좀 줄긴 했어도 하나도 빠트리지 않았으니까. 임시수용실로 향하는 허 기획관 등 뒤에서 요리사 X의 목소리가 들려왔다.

"버스 위로 뭔가 웽웽거리는 소리를 들은 것 같던데, 괜찮은 거예요?"

"네. 일부러 놔둔 거예요. 보라고. 그리 낮게 날지는 못해요. 걸릴까 봐. 어차피 이 버스 위엔 적외선 차단 필름에 은박 깔개까지 씌워 놔서 버스 안에 누가 타고 있는지 쉽게 알지 못해요, 적어도 이 버스는."

요리사 X는 의문이 풀렸는지 무심하게 고개만 끄덕였다. 그러면서 한마디 덧붙였다.

"아이스크림 먹는 동안에 그 자식 표정이나 살펴봐 주세요."

허 기획관이 손을 들어 대답했다.

카트에 식사를 가지고 돌아온 허 기획관은 이번에도 정 기자와 김 위원에게 먼저 내용을 보였다. 김 위원이 은 쟁반 위에 놓인 은행 한 알을 보고는 고갤 절레절레 흔들었다. '미친놈!' 허 기획관이 끄는 카트와 함께 정 기자도 철창 안으로 들어갔다. 기수는 은 쟁반의 뚜껑을 열어 은행 한 알을 확인했다. 그리고 코를 가까이 가져가 냄새를 맡았다. 다시 뚜껑을 닫으려다가 옆에 서 있던 정 기자에게 한 장 찍으라는 신호를 줬다. 기수는 이번엔 아이스크림을 확인했다. 이번에도 같은 반응을 보이며 카메라 앞에서 활짝 웃었다. 연출교도관들이 노트북에서 DVD를 재생하려고 준비할 때, 정 기자가 넌지시 물었다.

"마지막 식산데 그걸로 되겠어요?"

허 기획관이 아직 물을 때가 아니라고 슬며시 핀잔을 주자 기수가 별일 아니라는 듯이 대답했다.

"양을 말씀하시는 건가? 얼마나 먹어야 만족스러운 거죠? 나는 이거면 충분해요. 그나마 저건 먹지 않을 거랍니다. 가져갈 겁니다."

기수가 먹겠다는 '이건' 아이스크림을, 먹지 않고 가져가겠다는 '저건' 은행을 가리켰다. 그리고 의미를 알 수 없는 미소를 활짝 머금었다.

연출교도관 두 명이 철창 안 테이블에 앉아 기수를 주시하느라 긴장하는 동안, 기수는 테이블 빈자리에 놓인 노트북 영상에 시선을 빼앗기고 있었다. 기수는 세상 편하게 철창에 기대어 다리를 쭉 뻗은 채로 아이스크림을 가슴에 안고 있었다. 기수는 영화에 온통 정신을 집중하고 있는 것 같았다. 허 기획관은 아까부터 그런 기수의 표정을 주목했다. 노트북 화면을 보지 않고 기수의 표정만으로도 영화의 흐름을 짐작할 수 있었다. 그러다가 한순간 기수의 입이 떡 벌어졌다. 그러고 천천히 아이스크림을 내려다봤다. 허 기획관은 벌써 다 먹었나, 하는 생각이 들었다. 기수가 연신 입맛을 다셨다. 한참 아이스크림을 노려보더니만 수저로 뒤적거리기 시작했다. 이제 영화는 안중에도 없었다. 다시 한참을 생각한 끝에 뭔가가 생각났는지 자리에서 벌떡 일어났다. 동시에 연출교도관들도 테이블에서 벌떡 일어났다. 기수는 은쟁반에 담긴 은행에 눈알이 닿을 정도로 가까이서 들여다봤다. 허 기획관이 무슨 일인가 하며 철창으로 들어갔다. 기수는 먹지 않을 거라던 은행을 입에 넣고 오물거렸다. 그리고 눈을 크게 떴다.

'혹시 독극물이?!'

허 기획관과 연출교도관들이 기수의 입에 있는 은행을 뱉어 내게 하려 하자 기수가 저항하며 말했다.

"아니야, 아니야! 그런 게 아닙니다! 아니, 독 같은 건 아니란 말입니다!"

"그럼, 뭔가요? 왜 이러는 겁니까?"

"꿀이에요. 꿀이란 말이에요!"

허 기획관은 꿀이라는 소릴 듣고 허탈해졌다. 특히 연출교도관들은 그게 뭘 어쨌다고, 하는 표정이었다.

"왜 하필 꿀이에요. 내가 부탁한 것도 아닌데!"

"그럼 꿀 안 들어간 거로 하나 더 가져오라면 되잖아요? 왜 그것 가지고 난리예요?"

"아무것도 모르면서 그런 말 마세요. 왜 하필 허니냐고요! 그것보다는 왜 은행에 꿀을 넣었는지나 좀 물어봐 주세요. 아무 이유도 없이 그런 거면 똑같은 걸로, 그러니까 꿀이 들어간 걸로 은행 몇 알 더 해 달라고 부탁해 주세요."

허 기획관은 놀란 가슴을 쓸어내리면서 임시수용실을 나섰다. 그리고 혼잣말처럼 중얼거렸다. '주사기는 꿀을 넣기 위해서 부탁한 건가? 요리사 X는 도대체……?'

사형 집행 하루 전, 18:40

허 기획관이 버스 문을 두드린다. 이번에도 풍선을 안고 있는 요리사 X가 허 기획관을 맞이했다.

"저기, 다름 아니라……."

"잠시 앉아서 얘기해요." 하면서 안쪽으로 들어갔다.

요리사 X는 프라이팬에 담긴 음식을 꺼내 왔다. 안심 스테이크였다.

"먹으면서 얘기해요. 지난번엔 기다리면서 좀 배고팠거든요. 이번엔 허 기획관님과 내 걸 좀 만들어 봤습니다."

"그럼 애초에……?"

"네. 맞아요. 우리 거예요."

요리사 X는 스테이크를 먹기 좋게 잘라서 허 기획관 입에 넣어 줬다. 허 기획관은 반사적으로 받아먹었다. 버터가 깊이 스며든 안심 스테이크 한 점이 입 안에서 사르르 녹았다. 달콤한 맛에 후추 향이 톡톡 터졌다. 먹음직스럽게 익은 브로콜리, 양파, 토마토에 스파게티 면을 잘 감아 낸 접시를 허 기획관 앞으로 내밀었다. 허 기획관이 잠시 접시에 집중했다. 그 둘은 스테이크를 맛있게 먹으면서 얘기를 나눴다.

사형 집행 하루 전, 19:20

임시수용실에도 늦은 저녁 도시락이 전달되었다. 연출교도관 한 명과 정 기자, 김 위원이 철창 밖 테이블에서 저녁 식사를 했다. 기수는 철창 안 좁은 공간에서 불안한 사람처럼 서성거렸다. 옆을 지키고 있는 연출교도관들도 긴장하긴 마찬가지였다. 밖에서 쉬던 연출교도관 한 명이 더 투입되었어도, 극도로 긴장된 상태는 사그라지지 않았다. 허 기획관이 돌아왔다. 기수가 아무렇지도 않다는 듯 침대에 걸터앉았다. 허 기획관이 테이블로 가서 식사하는 사람들에게 자기 몫의 도시락도 나눠 드실 수 있냐고 묻는데, 기수가 소리 높여 말했다.

"저한테 하실 말씀 있잖아요. 저 궁금하게 만들려고 괜히 그러는 거 아닙니까? 저랑 밀당 하시는 겁니까?"

허 기획관이 천천히 철창 앞으로 다가갔다.

"그게 아니라 드릴 말씀이 없어요. 대답을 듣지 못했습니다."

"왜요?"

"요리사가 퇴근했거든요."

"요리사가 벌써 갔어요? 그럼 전화하면 되잖아요?"

"아니, 그런 뜻이 아니라. 아직 계시긴 하지만 일이 끝났다고 업무에 관한 얘긴 안 하겠다고 하시잖아요. 그런데 거기다 뭐라고 그래요. 미안하다고 하고 그냥 돌아왔죠."

"아니, 그런 게 어디 있어요? 그거 대답해 주는 게 뭐 어렵다고?"

"글쎄 본인이 싫다는데 저로서는 할 말이 없죠. 업무 끝난 사람에게 일 더 시키려면 나도 구실이 있어야 하는데 무슨 소린지도 도통 이해도 안 되는데……."

어느새 철창 옆에 와 있는 정 기자가 입에 든 음식까지 내뱉으면서 한 소리를 보탠다.

"뭐가 어렵다고? 피해자 시신 숨긴 곳도 알려 주지 않는 사람이 무슨……."

"그래요? 그런 거예요? 그럼, 시신 위치 알려 주면 물어봐 줄 수 있어요?"

"요리사님이 그게 왜 궁금하겠어요? 산 사람도 아니고 죽은 사람 묻힌 곳을……."

"아니에요. 궁금해하실 겁니다. 잘은 몰라도 그분도 저랑 비슷한 구석이 있는 분이에요. 물어나 봐 주세요."

"아니, 이 양반이! 아무리 교도소에서 요리하는 사람이라고……. 사형수랑 닮은 점이 있다고 하면 좋아할 사람이 누가 있겠어요!"

허 기획관이 화를 버럭 냈다.

"죄송해요. 하지만 적어도 당신 상관들은 좋아할 거라고요. 날 좀 믿어 봐요!"

"그럼, 여기 적어 주세요. 상부에 보고한 후에 요리사님에게 물어봐 드릴게요."

허 기획관이 종이와 색연필을 가리켰다. 기수가 잠시 망설였다.

"만약 퇴근하셔서 댁으로 돌아가셨다면 그땐 정말 모릅니다. 그땐 묻고 싶어도 몰라요."

기수가 주소 하나를 적어서 철창 사이로 건넸다. 정 기자가 보려고 하자 허 기획관이 종이를 반으로 접었다. 그러고는 투덜거리며 임시수용실을 나섰다.

사형 집행 하루 전, 20:35

허 기획관이 임시수용실로 돌아왔다. 이번엔 철창 앞으로 바로 향했다. 기수는 차분한 척 연기했지만 한 손은 철창을 꼭 쥐고 있었다.

"요리사님의 대답은 들었습니다. 하지만 바로 알려 드릴 순 없습니다. 교도소장님께서 알려 주신 주소가 맞는지 확인부터 해야겠다고 하셨거든요. 잠시 기다리시면 알려 드리겠습니다. 나, 원 이것 참! 이게 무슨 일인지 사람 왔다 갔다 하게 하고……."

기수는 고개를 연신 끄덕이며 이해한다고 말하고 있었지만 참기 힘든 눈치였다. 자신이 궁금해하는 비밀을 알고 있는 사람이 철창 밖 한 걸음 안에 있으니 어찌 보면 당연한 일이었다. 허 기획관은 대답을 받아 적어 왔다는 아까의 종이(시신이 묻힌 주소가 적힌)를 철창 밖 테이블 위에 펼쳐 확인했다. 궁금하기론 마찬가지인 정 기자와 김 위원이 냉큼 다가와 함께 메모를 들여다봤다. 그리고는 모두 약속이나 한 것처럼 철창 안 기수를 쳐다봤다. 기수는 그 시선이 참기 힘들었지만, 철창을 움켜쥐는 것 이외에는 할 수 있는 것이 아무것도 없었다.

사형 집행 하루 전, 21:45

누군가 임시수용실의 문을 노크했다. 그 소리에 허 기획관이 걸어 나갔다. 그리고 누군가와 잠시 말을 나눴다. 다시 철창 앞으로 돌아와 기수에게 말을 건넸다.

"경찰들이 알려 주신 곳을 확인했답니다. 실종자인지는 정확하지 않지만 시신 한 구가 나왔답니다."

"글쎄 그렇다니까요. 뭐라던가요?"

"백골로 발견되신 분 누구였어요?"

"두 번째 피해잡니다. 됐어요? 이제 약속을 지키셔야죠."

"아, 알겠습니다. 여기 있습니다."

허 기획관이 건넨 종이엔 주소 아래로 요리사 X에게 들은 걸 받아 적은 메모가 있었다.

꿀 = Honey, 첫 번째 희생자 바지 주머니

기수의 눈이 탁구공만큼이나 커진 채로 그대로 멈췄다. 그러곤 눈알이 왔다 갔다 뭔가를 생각해 냈다.

"알고 있네! 어, 알고 있었어! 어떻게 알았지?"

기수는 한동안 웃다가 진지해졌다가를 반복했다. 정신 나간 사람처럼. 그걸 허 기획관과 다른 사람들이 물끄러미 쳐다봤다. 김 위원은 소름이 끼친다는 표정으로 다시 헤드폰을 뒤집어썼다.

"이분 퇴근하셨어요? 아니, 아니, 제가 맞혀 볼게요. 이분 퇴근하지 않으셨을 겁니다. 절대로요. 제 대답이 궁금하실 겁니다. 그렇죠? 이번엔 제 차렙니다. 나머지 시신은 절대 못 찾을 겁니다. 영영."

"아닌데요. 요리사님 퇴근하셨어요. 제가 나가시는 것 배웅하고 오는 길입니다. ……가시면서 나머지 다섯 분 시신은 포기하라고 하시면서 말이죠."

"네엣! 뭐라고요!"

기수는 천장으로 뛰어오를 듯 깜짝 놀랐다.

"다섯이라고 했다고요? 이분 이름이 뭡니까? 도대체 뭐 하시는 분이에요?"

"요리사요. 이름은 알려 드릴 수 없죠, 당연히. 영영."

기수는 상당히 허둥대고 있었다. 미치광이로 보일 때도 있었지만, 그래도 한때는 전도유망했던 교수였다. 하지만 지금 끝 모를 궁금증이 그를 잘게 분해하고 있었다. 세상을 모두 속이고, 그것도 모자라 모두에게 두뇌 싸움으로 승리하고, 알 수 없는 전리품까지 챙겼다고 생각한 그가 한여름 아스팔트 위 아이스크림처럼 녹아내리고 있었다. 끝까지 플레이된 영화를 다시 한번 처음부터 돌리고 있지만, 관심은 온통 다른 곳에 가 있었다. 허 기획관이 철창 밖 테이블로 가서 책을 꺼내 읽었다. 그리고 잠시 후 자리에서 일어나 임시수용실을 나서려고 하는 그때, 기수가 벌떡 일어나 철창을 붙잡고 허 기획관에게 말했다.

"나머지 시신 있는 곳을 모두 알려 주면 요리사를 만나게 해 줄 수 있을까요?"

허 기획관이 단호하게 말했다.

"아니요. 돌아가신 어머니가 와도 싫다면서 댁에서 쉬시겠다고 하고는 가셨다니까요."

"교도소장이 말하면 들을 텐데……. 교도소장은 솔깃할 텐데 말예요. 승진이 달린 거거든요. 제발 교도소장에게 먼저 물어나 봐 주세요. 네?"

"아이참! 오라, 가라……."

"한 번만 물어봐 주세요. 네? 제발요!"

"아, 알겠습니다."

허 기획관은 임시수용실을 박차고 나갔다. 그 사이 기삿거리를 찾지 못한 정 기자가 다급한 마음에 셔츠의 단추를 두 개나 풀어 헤치고는 철창 앞으로 다가가 마지막 식사에 관해 물었다. 하지만 기수는 한번 힐끔 쳐다본 후 아무런 대답도 하지 않았다. 마치 정 기자는 그곳에 없는 사람처럼. 그 후로도 기수는 정 기자의 계속되는 질문, 그 어떤 것에도 대답하지 않았다.

사형 집행 하루 전, 22:25

허 기획관이 돌아왔다.

"제가 물어봤습니다. 교도소장님은 관심을 보이셨지만 퇴근한 요리사를 억지로 돌아오게 하긴 어렵지 않느냐고 하셨어요. 가만히 생각해 보니 저희 교도소장님 정년이 얼마 남지 않아서 진급엔 관심이 없으시거든요. 요리사님에게도 전화를 드렸습니다. 대답은 노였습니다. 사형수 얼굴을 보러 돌아가고 싶지 않다고 했습니다. 됐죠? 전, 최선을 다했습니다."

기수가 크게 실망한 표정을 지었다.

"제가 욕심이 과했어요. 그럼, 전화 통화 정도는 어떨까요? 제가 말실수를 했습니다. 진급은 조금 자극적이었죠? 그러면 사회 정의를 위해서라고 하면 어떨까요? 피해자의 시신을 찾는 거 말이에요."

"통화요? 그럼 진즉에 그렇게 말씀하시지. 그럼 다시 여쭤 봐야하잖아요. 아이, 참!"

"죄송합니다. 다시 한번만……."

기수가 희망을 찾은 동시에 망설이고 있다는 심경이 표정에 역력했다. 자신의 비밀과 맞바꿔 어떤 궁금증이 해결될까 하는 저울질이었을 것이다. 기수는 더 늦어지면 기회가 없다는 사실도 잘 알고 있었다. 글도 최대한 또박또박 적는 눈치였다. 다섯 개의 주소가 적힌 종이를 허 기획관에게 건넸다. 그리고 그 종이를 손가락으로 가리키며 정 기자와 김 위원을 쳐다봤다. 아마도 공정한 거래가 될 수 있도록 지켜보라는 의미인 것 같았다.

허 기획관이 가쁜 숨을 몰아쉬며 돌아왔다. 손엔 오래된 유선전화기를 들고 있었다. 벽 한 곳에서 단자를 찾아 전화선을 연결했다. 그러고 전화기를 들고 철창 안으로 들어갔다. 허 기획관은 수화기를 들어 대기음을 확인하고 기다렸다. 초조하게 기다리는 건 기수 혼자였다. 기수가 마지못해 허 기획관에게 한마디 했다.

"내가 주소를 한 곳 잘못 불러 준 것 같은데, 지금이라도 다시 말해 줘도 될까요? 내가 일부러 잘못 알려 준 걸로 알면 곤란하잖아요. 저도 기억력이……."

허 기획관은 어깨를 으쓱해 보였다. 그러고는 심드렁하게 수화기를 들고 누군가에게 수정된 주소를 불러 줬다. 초조한 시간이 흐르고 전화기에서 요란한 벨 소리가 울렸다. 방에 있던 사람 모두가 예전엔 이런 벨 소리를 들었구나, 생각했다.

주소지에서 시신을 모두 찾았다는 소식이었다. 허 기획관은 알았다며 다시 수화기를 내려놨다. 그러고도 다시 잠시 시간이 흘렀다. 벨 소리가 울렸다. 허 기획관이 수화기를 들어 몇 마디 대화를 나눴다. 그러고는 기수에게 수화기를 건넸다.

"……저는 이기수라고 합니다. 요리사님은 제 소개가 필요 없을 정도로 절 잘 알고 계신다고 생각합니다만, 어떻습니까?"

[……잘 안다고 생각하지 않습니다.]

"솔직히 물어볼 게 너무 많아서 걱정입니다. 뭐라고 물어야 할지 잘 정리가 되지 않고 있네요, 저답지 않게. 또 옆에서 듣고 있는 사람들이 있어서 조심스럽고요. 혹시 저에게 은행이 어떤 의미인지 아시나요?"

[저는 요리삽니다. 저에게 은행은 4월에 꽃을 피우고, 10월에 열매가 익어 땅에 떨어지는 식재료입니다. 이기수 씨에게도 어떤 의미에선 다르지 않을 거라 생각합니다. 그게 누군가의 바지 주머니에서 발견되었다는 사실을 알고 있는 정돕니다.]

"그, 그렇군요!"

기수의 표정은 기쁨인지, 놀라움인지, 반가움인지, 알 수 없는 것이었다.

"우리가 바깥에서 만났다면 좋은 상대가 되었을 거라 생각합니다. 어떻게 생각하십니까?"

[……그렇게 생각하지 않습니다. 저는 원망을 살인으로 풀지

않습니다.]

"아, 그렇죠? 죄송합니다. 그러면 어, 어떻게 푸는지 여쭤 봐도 될까요?"

[……그냥 참거나 잊죠. 아니면 크게 노랠 부르거나.]

"어떤 정해진 곡이 있는지……?"

[없어요. 아니, 있다고 해야 하나요? 〈찔레꽃〉밖에 모르니까요.]

"그렇군요. 잘 알겠습니다. ……자, 잠깐만요. 계시나요?"

[……듣고 있습니다.]

"저희가 혹시 만난 적 있나요? 그렇죠?"

[그렇습니다.]

"저희가 언제……?"

[이제는 쉬어야겠습니다. 궁금한 게 더 있어도 어쩔 수 없습니다. 저한테는 내일이 있습니다만…….]

"아, 죄송합니다. 이만 끊겠…… 아니요, 죄송합니다. 마지막으로 한 가지만 더 여쭐게요. 제가 요리사님 만났을 때, 제 작별 인사가 뭐였습니까?"

[……나 같은 사람 만나면 앞뒤 가릴 것 없이 도망가라고 했습니다. 그리고 본인 얼굴을 잠깐 제게 보여 주더군요, 선물처럼. 이만 끊겠습니다. 잘 가십시오.]

요리사 X는 수화기를 내려놓았다. 그리고 일어서서 불 꺼진 버스의 천장 환기구를 통해 하늘을 올려다봤다. 작은 설탕 가루 같은 별들이 하늘에 촘촘히 박혀 있었다.

막 포장을 뜯은 새 제품처럼 기수는 다시 테이블에 앉아 종이 위에 검은 색연필로 뭔가를 또 적기 시작했다. 누군가를 위해 남기는 글처럼 보이지는 않았다. 쓴 글씨 위로 또 다른 글씨가 올라가 겹쳐서 그냥 검은 칠이 되어 버렸기 때문이다. 허 기획관은 그중에 '아들'이라는 글자와 '땅콩버터'라는 글자를 스쳐봤다.

기수는 잘 생각이 전혀 없는 것 같았다. 허 기획관이 가져다준 종이가 많이 있는데도 몇 장의 종이에 뭔가를 겹쳐 쓰고 또 쓰는 밤이 되었다.

사형 집행 당일, 5:00

허 기획관이 여전히 테이블 위에서 검은 종이에 뭔가를 적고 있는 기수의 귀에서 이어폰을 빼고는 씻으라고 권했다. 기수는 한쪽 이어폰을 마저 빼면서 물었다.

"아침은 안 주나요?"

"아침은 없습니다."

"에이, 아쉽네요. 마지막으로 은행이라도 한 알 얻고 싶었는데……."

그때 뭔가 생각이 난 허 기획관이 바지 주머니에서 은행 한 알을 꺼내 보였다. 기수가 화들짝 좋은 표정을 지었다.

"그거 저 주시면 안 돼요?"

이미 어제 요리사 X가 넌지시 건네준 것이었다. 기수를 꾈 때 쓰라고.

"샤워하고 옷 갈아입으면 드릴게요."

기수는 바로 자리에서 일어나 콧노래를 부르면서 샤워했다. 그리고 사형복을 두 손으로 받아 갈아입었다.

사형 집행 당일, 5:30

온몸을 결박한 기수를 연출교도관들이 양쪽에서 붙잡고 철창을 나섰다. 테이블에 엎드려 자다가 부스스 일어난 김 위원에게 기수가 말했다.

"그렇군요. 정말 웃을 수가 없군요!"

사형 집행 당일, 7:30

사형장 앞마당에 정 기자와 김 위원을 제외한 극철위가 다시 모였다. 교도소장은 어색한 분위기를 눈치채고 가벼운 인사만을 나누고 자신의 사무실로 돌아갔다. 임 장관은 모두에게 다음 계획을 밝혔다.

"잠정적으로 마지막 사형 집행은 다음 주에 있겠습니다. 이번엔 기자의 기사도, 여론의 추이도 지켜볼 필요 없을 겁니다. 이미필요한 여론은 형성되었다고 봅니다. 이번 집행을 끝으로 극철위위원장에서 물러나겠다고 대통령님께 보고드릴 생각입니다. 지금까지의 책임은 제가 지고 내려가겠다고 말입니다. 그래야 추진력은 유지한 채로 걸림돌을 걸러 낼 수 있을 것 같으니까요. 총선까지 얼마 남지 않았습니다. 판단과 실행을 신속하게 해야 할 때입니다. 다음 사형 집행이 마지막이 될 겁니다. 여러분들은 지금있는 위치보다 좀 더 나은 선택권을 가질 수 있도록 제가 손을 써놨습니다. 그건 걱정 마시고 마지막까지 신중하게 임무를 수행해줄 것을 부탁드리겠습니다."

국가인권위원회는 다시 이틀 안으로 다음 사형 대상자에 대한검토를 끝내야 했다. 후보는 단 한 사람이었으니 가부의 결정만남은 것이다.

정 기자는 대구교도소를 빠져나가고 있는 버스에서 바깥을 보며 의아해했다. 시민·인권 단체들의 회원들이 거의 보이지 않았기 때문이다. 어제 들어올 때보다 훨씬 적은 수만이 서성일 뿐이었다. 하루 새에 무슨 일이 있었을까, 의문이 들었다.

허 기획관은 바로 요리사 X에게 달려가 저녁부터 아침까지의 일을 전달했다. 은행 한 알을 가지고 사형대에 설 때까지 기수를 얌전하게 만들 수 있었다는 것과 용수를 씌우기 전 참관인들의 허락을 받아 은행을 입에 물려 줬다는 것. 그리고 사형장으로 걸어가는 길에 루 리드라는 가수의 노랠 흥얼거렸다고 전했다.

"하도 간곡하게 부탁하길래 관구실에 사정사정해서 안 쓰는 휴대폰 찾아 충전해서, 노래 한 곡만 다운받고, 유심칩 빼서 겨우겨우 이어폰 연결해 줬습니다. 그랬더니 밤새 그것만……."

"혹시, 〈워크 온 더 와일드 사이드(Walk on the Wild Side)〉 아닌가요?"

"네, 맞아요! 어떻게 아셨어요? 죽기 전에도 종교 행사 대신에 그 곡과 또 뭐더라……."

"〈퍼펙트 데이(Perfect Day)〉일 겁니다."

"와, 어떻게 아셨어요? 그 친구 종교 행사 대신 그 노래를 틀어 달라고 그랬어요. 그래서 참관인 중 한 사람이 휴대전화로 그 노랠 찾아서 틀어 줬죠. 그런데 어떻게 아셨어요?"

"그 노래, 그 사람 정체성과도 관련 있을 겁니다."

"정체성이요?"

"아마도요. 〈워크 온 더 와일드 사이드〉란 노래 속 주인공이 게이일 거예요. 제 추측엔 첫 번째 동성 희생자를 짝사랑했을 겁니다."

"그, 그건 또 어떻게 아셨어요?"

"추측이죠. 예전 교도소 봉사 활동 할 때 한 번 만난 적이 있습니다. 간단한 음식이랑 이기수 씨 어머니 뼛가루가 안치된 곳의 사진을 들고 찾아간 적이 있었어요. 고마워하더라고요. 워낙 해박한 사람이라 제 문제도 상의하고 그러는데, 이기수 씨가 주변 교도관들에게 '허니'란 호칭을 쓰더라고요. 누구한테는 그러고 또 누구한테는 그러지 않고. 그래서 짐작한 겁니다."

"그럼, 은행은 뭐예요. 어떤 사람들은 그게 이기수의 살인 시그니처라고 그러던데요, 왜죠?"

"글쎄요, 시그니처는 아닐 거예요. 첫 번째 희생자 바지 주머니에만 넣었을 거거든요. 은행은 4월에 꽃이 피고 10월에 열매가 익어 땅에 떨어지죠. 혹시 4월에 짝사랑의 상대인 첫 번째 희생자를 만나고, 10월에 고백했다가 거절당하고, 그래서 살해한 게 아닐까 싶은 거예요. 마침 실종자들이 다음 해 4월부터 매월 한 명씩 신고됐거든요. 일곱 명. 넘겨짚은 겁니다."

"허허. 그것, 참. 근데 은행, 왜 그렇게 하라고 하신 거예요? 제가 용수 덮기 전에 요리사 X가 혀 위에 올려놓으라고 했다고 하니, 화색까지 돌면서 그렇게 하더군요. 왜 그런 거예요?"

"이기수 씨는 종이컵 전화기라고 생각하고 그런 걸 거예요. 짝사랑과 자신을 이어 줄 명주실 같은."

"그러면 이기수 씨에게 마지막 아량을……."

"전혀 아닙니다. 제가 듣기론 올가미가 목을 죌 때 혀가 말린다고 하더라고요. 그래서 그렇게 하라고 한 거예요."

"그래서……?"

"은행이 목구멍을 막으라고. 더 고통받으라고. 저밖에 모르는 나쁜 놈이에요. 아이스크림 용량을 줄인 것도 그런 뜻에서……."

허 기획관은 작은 탄식을 내뱉었다. 씁쓸한 마음이 입맛을 쓰게 했다. 허 기획관은 일어서서 인사를 하려는데 뭔가가 떠올랐다.

"아참, 왠지 관심이 있으실 것 같아서 가져왔습니다. 태우기 전에 보여 드리려고요."

허 기획관이 요리사 X 앞에 내민 건 기수가 테이블에 앉아 내내 써 내려갔던 종이 뭉치였다. 하도 겹쳐 써서, 쓰고 메모했다고 하기보다는 그렸다는 표현이 더 어울릴 것 같은 숯 칠 범벅을 하고 있었다. 요리사 X가 자세히 들여다보려 해도 쉽지 않은 일이었다. 불빛에도 비춰 보고 비껴 보기도 해 봤지만, 내용을 해독하긴 힘들었다.

"쓰고 있을 때 본 적 있으신가요?"

"언뜻 본 정돕니다. 어제 낮엔 임동수 장관부터 우리 위원들 이름을 막 어지럽게 쓰고, 네모 치고 동그라미 쳐서 화살표로 잇고 그러더니만, 저녁 잠들기 전엔 시신 숨긴 장소들 주소를 또 쓰고,

엑스 치고, 뭔가를 계산하고 그러더군요. 그리고 뒤늦게 먹고 싶은 게 생각났던지 땅콩버터라고도 쓰고 동그라미 치고 그 위로 아들이라는 단어도 썼던 게 기억나네요. 결혼은 하지 않은 걸로 알고 있는데요."

"기획관님, 이거 저 주시면 안 될까요? 어디로 유출하진 않겠습니다. 흥미가 좀 생기네요. 보고 나면 바로 태우겠습니다. 그리고 전 여기 정리한 후에 바로 관구실로 가겠습니다."

"그렇게 하세요. 아무도 신경 쓰지 않는 거니까요. 태워 주시면 감사하겠습니다. 그럼, 저 먼저 가 있겠습니다."

허 기획관이 먼저 인사를 하고 버스에서 내렸다. 허 기획관이 간 뒤 요리사 X는 쿡-버스의 문을 잠갔다. 그리고 기수의 낙서를 분류했다. 점심 것과 저녁의 것으로. 그리고 버스 바닥에 줄 맞춰 늘어놓았다. 큰 그림이 만들어졌다. 점심의 것은 임동수 장관의 얼굴이, 저녁의 것은 요리사 X의 얼굴이 되었다.

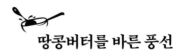

땅콩버터를 바른 풍선

이번에도 정현정 기자는 대통령을 비롯한 정부와 극철위를 강도 높게 비난했다. 자신과 김종근 시민위원은 들러리로 이용당한 면이 있다고 강하게 성토했다. 그리고 시민·인권 단체를 따돌리기 위해 군사 작전을 방불케 한 공작이 있었으며, 그 사이 정부는 사형 집행에 열을 올리고 있었다는 골자의 기사였다. 여전히 인권 문제보다는 극악 범죄 방지라는 허구 뒤에 숨어서 지지율 올리기에만 급급하다고 결론을 내린 것이다. 하지만 역시나 언론은 사형수 이기수의 마지막 식사에 관한 뒷얘기에 더 많은 관심을 보였다. 아니 가히 폭발적이라고 할 수 있을 정도였다. 이기수와 요리사 X와의 선문답을 방송에선 여러 가지 버전으로 해석했다. 무엇보다도 영영 찾지 못할 것 같던 희생자들의 시신을 찾을 수 있었던 건 전적으로 마지막 식사의 순기능 때문이라 떠들었다. 공영방송에선 마지막 식사에 담긴 인도적인 배려가 흉악한 사형수에게 후회와 참회의 기회를 마련해 준다고 떠벌렸다.

광주교도소 앞으로 밀어닥친 시민·인권 단체들에 관한 기사도 다뤄졌다. 시민·인권 단체 연합은 광주교도소에서 사형 집행이 이뤄질 것으로 예상하고 모든 인원을 집결해 그 앞을 막아서며 농성을 벌였다. 그러고 길을 트는 대신 교도소장과의 일대일 면담을 성사시켰다. 교도소장은 광주교도소에선 사형 집행 계획이 없으며 평화 시위가 될 수 있도록 자신이 협조하겠다는 의사를 표명했지만, 시민·인권 단체 연합은 사형이 집행될 수 없도록 교도소장을 다음 날 아침까지 붙잡아 두었다. 교도소장이 사형 집행의 주요 참관인이란 점에서 감행한 일이었다.

그러나 다음 날 아침 대구교도소에서 사형이 집행되었다는 소식에 침울히 해산했다고, 기사는 전하고 있었다.

정현정 기자는 기사만으로는 부족하다고 생각했다. 인권일보 주최로 기자회견을 갖기로 했다. 그 자리에서 극철위 위원직도 내려놓을 생각이었다. 연단 뒤에 '사형이란 이름의 사법 살인'이라고 적힌 플래카드가 붙어 있었다.

"이미 기사는 읽고 오셨으리라 생각합니다. 제 기사의 제목과 같은 내용으로 회견을 시작하겠습니다. 지난번에는 정부가 그래도 인권을 살피는 부분이 있다고 썼습니다. 제 불찰이었습니다. 이번에 그런 생각이 완전히 사라졌습니다. 오히려 어떤 알 수 없는 손에 의해 기획되고 있는 건 아닐까 의심하게 되었습니다."

"알 수 없는 손이라면 청와대의 기획을 의심하시는 건가요? 그렇다면 그럴 만한 근거가 있습니까?"

"우선 이번에도 기습적으로 집행되었다는 점이 그렇습니다. 보름도 되지 않아서 두 번째 사형을 감행했습니다. 겉으로 보면 충동적으로 보일 정도입니다. 그런데 그럴 리 있겠습니까? 여러 단계의 협의와 결재를 거쳐야 하는 시스템의 문제이니까요. 이건 오히려 매우 치밀하게 준비된 거라 생각합니다."

"사형 선고는 이미 20년 전에 내려진 거 아닙니까?"

"물론 그렇습니다. 하지만 20년 전 멈춘 컨베이어 벨트를 스위치만 켜면 다시 전처럼 아무렇지도 않게 작동할 수 있다고 생각하는 건 아니겠지요? 매일 타는 자동차도 1년에 한 번은 엔진오일이며 무슨 필터며 하면서 교체해야 매끄럽게 탈 수 있는데 말이죠. 게다가 그때의 사회와 지금은 많이 달라졌습니다. 넉넉한 시간을 두고 다시 살펴봤어야 한다고 생각합니다. 20년 내내 이 판결을 고민했던 건 아닐 겁니다. 20년 전 사형 선고를 받은 사형수를 20년 만에 집행하려면 다시 한번 진지하게 검토해야 한다고 생각합니다. 사람 목숨이 걸린 문제니까요. 그런데 그런 노력 없이 속전속결로 진행하고 있다는 느낌이 강하게 일고 있습니다. 마치 군사 작전을 수행하고 있는 것처럼 말이죠. 단적으로 대구교도소에서 사형 집행을 준비하면서 광주교도소에 거짓 정보를 흘린 것만 봐도 그렇습니다. 사형 집행을 반대하는 사람들을 그쪽으로 유인한 것입니다. 매체의 눈을 모두 광주교도소로 옮겨 놓고 대구교도소에서 여유 있게 사형을 집행한 겁니다."

"그 주장의 근거는 뭔가요?"

"광주교도소장이 교도소 앞으로 나와 매체를 향해 사형 집행이 없을 거라고 브리핑했습니다. 그런 일은 유례가 없는 일입니다. 게다가 그날 저녁 교도소 내에 주차되어 있던 쿡-버스에서 누군가 음식을 조리하는 것처럼 보이게 했다는 겁니다. 단체에서 오판을 할 수 있도록 미끼를 던진 겁니다."

"그 말씀은 사형 집행이 없는 걸 없다고 얘기한 교도소장의 브리핑과 쿡-버스에 누군가 올라 가스 불을 켰다는 것이 청와대의 기획이란 말씀이신 거죠? ……이 정부다운 일이긴 하군요."

좌중에서는 웃음이 터져 나왔다.

"웃을 일이 아닙니다. 이러다가 대한민국이 시대에 역행하는 사형 집행 국가가 되는 겁니다. 우리 손으로 사람을 처형하는 그런 시대, 그런 나라에 살게 되는 거란 말씀입니다. 만약 억울한 죽음이 나중에 밝혀지기라도 하면 그땐 어떡할 겁니까? 사람은 누구나 실수할 수 있습니다. 어쨌든 저는 이번에 극철위를 사퇴하겠습니다. 매일정치의 고상구 기자님처럼 정부의 뒤를 캐다가 교체되는 명예야 없겠지만 더 이상 남아서 들러리 서지도 않을 겁니다. 그리고 정부의 지지율을 올리기 위한 이런 추악한 시도를 끝까지 추적할 생각입니다."

"그럼, 마지막 식사는 누가 취재합니까? 사형제는 여전히 논란이 많지만 그래도 이번 마지막 식사를 통해서는 25년 동안 찾지 못했던 사체도 수습하고, 이기수 씨의 범행이 더 확실하게 증명된 계기가 되었다고 생각하지 않나요?"

정 기자는 잠시 할 말이 떠오르질 않았다. 그때 기자단 뒤에서 귀에 익은 목소리가 들려왔다. 고상구 기자였다.

"사체를 수습하거나 사형 선고의 증거가 더 명확해지는 것과는 별도로 사형은 인권에 반하는 것이죠. 그래서 반대하는 거 아니겠습니까? 사람이 시스템 뒤에 숨어서 다른 사람을 죽일 수 있는 권리는 없다고 생각합니다. 하지만 이미 흩어진 피해자의 인권과 여전히 살아 있는 가해자의 인권 사이에서 좀 더 나은 해답을 찾으려고 노력하는 게 언론의 임무는 아닌가 싶습니다. 극철위에 더 남아 계실 생각은 없나요?"

"결심을 되돌리지는 않겠습니다."

고 기자가 어깨를 으쓱해 보이며 뒤돌아 회견장을 빠져나갔다.

"그것보다도 이기수가 마지막에 은행 한 알만 먹은 게 맞습니까? 아이스크림과 은행 한 알 이외에도 더 먹은 건 없나요?"

"없습니다."

"이기수가 시청했다는 영화는 정말 〈환생〉이 맞습니까? 아무리 검색해도 일본 영화밖에 없던 데요? 정말 그게 맞나요?"

"데드 어게인으로 검색해 보십시오."

"김종근 위원이 인터뷰한 내용을 보면 왜 이기수가 숨겨 놓던 시신들을 공개한 건지 도무지 이해가 가지 않습니다. 선문답 같은 건가요? 정 기자가 경험한 얘길 들려주시겠습니까?"

"이기수 씨에게 식사를 제공한 요리사, 저희는 요리사 X라고 부릅니다만, 요리사 X와 통화한 내용을 저흰 알 수 없습니다. 두 사람만의 대화였으니까요. 하지만 그 대화 끝에 시신의 위치를 자백한 것만은 분명합니다."

"그럼, 이기수 씨에게 죽기 전에 물어봤습니까?"

"물었지만 아무 대답도 듣지 못했습니다."

"그 대화는 요리사 X만 알고 있다, 그 말씀인가요?"

"그렇습니다. 취재해 보려고 노력하고 있지만 아직까진 별다른 소득이 없습니다. ……끝까지 다방면으로 노력을 기울이고 있습니다."

정 기자는 머리가 지끈거려 왔다. 기자들의 달짝지근한 질문을 뒤로하고 회견장을 박차고 나왔다.

임 장관은 대통령을 만나러 관저로 들어갔다. 경기 중인 농구팀 수만큼의 마네킹이 참관하는 상황에서 강 수석도 대화에 동석했다. 임 장관이 오기 전 대통령과 강 수석은 이미 긴 대화를 나눈 바 있었다.

"임 장관, 마침 잘 와 주었소. 내가 급히 임 장관과 상의할 일이 있습니다. 내 돌려 말하지 않겠습니다. 우리 정부가 이번 일로 신뢰를 회복하는 데 큰 도움을 받았습니다. ……그런데 이젠 후폭풍이나 역풍을 걱정해야 하지 않겠냐는 말이오."

옆에 있던 강 수석이 임 장관의 얼굴을 똑바로 바라보지 못했다. 그의 의견이었을 것이라 예상되었다.

"그것 때문에 온 겁니다."

대통령과 강 수석이 서로의 얼굴을 마주 보았다.

"1기 극철위의 마지막 계획을 건의드립니다. 다음 주에 세 번째 사형을 집행하겠습니다."

"이, 이보시오, 임 장관! 내가 방금……."

"이 집행으로 대통령님과 현 행정부의 강한 추진력과 의지를 완성할 수 있다고 생각합니다. 지지율도 정점을 찍을 거라고 확신합니다. 다만 이후에는 지지율 하락이 예상되는데…… 그 시점에서 제가 극철위 위원장과 법무부 장관직을 동시에 내려놓겠습니다."

대통령과 강 수석이 모두 깜짝 놀랐다.

"다, 다음 주면 내가 프랑스에 있을 땐데⋯⋯."

"지지율과 추진력은 그대로 가져가면서 역풍에서 자유로울 수 있는 출구 전략이라고 생각합니다. 형사소송법 제463조 사형의 집행, 사형은 법무부 장관의 명령에 의하여 집행한다. 제가 세 번째 사형을 집행하면 대통령님은 프랑스에서 사형 집행 반대 의사를 표하십시오. 그럼, 프랑스에서도 호의적인 기사가 되어 좀 더 환영받으실 수 있을 겁니다."

"자기네 나라와 상관도 없는 거잖소?"

"자기네 나라를 방문한 대통령이 인권에 관한 중요한 결정을 프랑스 파리에서 국제 기자들이 보는 가운데 한다고 생각해 보시면 이해하실 수 있을 겁니다. 자기네 나라 대통령이 좋은 영향을 미쳤다고 볼 수 있잖습니까? 프랑스는 똘레랑스의 나랍니다. 어쩌면 우리 국민은 《르몽드》와 같은 프랑스 지면을 통해 대통령님의 사형 집행 반대 의사를 듣게 될 수 있을 겁니다."

"한국도 아니고 프랑스에서, 우리 맘대로 될까?"

"어려울 것도 없습니다. 그쪽 외교통 이용하면 임 장관 말처럼 흘러갈 수 있을 겁니다. 그쪽 사람들한테도 좋은 일이니까요."

"강 수석이 좀 움직여 준다면 국내에선 그 기사가 저의 경질 의

사로 해석되어 보도될 겁니다. 그럼 저는 극철위 위원장과 법무부 장관직 모두에서 사퇴하겠다고 발표하겠습니다. 그리고 대통령님이 외교에 주력하시는 동안 안에서는 강 수석 주도로 인권 단체들과 물밑 교섭을 시작하는 겁니다. 대통령 복심으로서 말이죠. 그래서 총선 때까지 시민·인권 단체의 협력을 구해 내고, 10월 10일 '세계 사형 반대의 날'을 맞아 사형 제도 폐지를 직접 선포하시는 겁니다. 그간 내치를 위한 사형 집행은 법무부 장관 독단으로 실행했던 걸로 선을 긋고, 인권을 수호하는 대통령과 행정부는 다시 국민의 사랑을 받는 걸로 일단락되는 겁니다."

"그럼, 우리를 지지해 주던 극악 범죄에 강력하게 대처하라던 사람들에겐……?"

"다시 홍보해야죠. 죽음은 모든 것의 끝이고 분노는 머물 곳 없다는 내용으로. 극악 범죄자들만 따로 모아 놓고 노역도 세게 먹이고, 식사도 죽지 않을 정도만 준다고 하는 겁니다."

대통령과 강 수석의 얼굴에 미소가 번졌다. 대통령이 소파 등받이에 몸을 기대며 사람을 잘못 봤다는 듯이 말했다.

"내가 당신을 온건하다는 추천으로 입각시켰던 걸로 기억하는데……?"

"그렇게 보일 수도 있을 겁니다. 하지만 떨어지는 칼날도 잡아야 할 땐 망설이지 않고 손을 뻗어야 한다고 생각합니다."

"그럼, 당신만 희생하는 거잖소?"

대통령이 소심하게 물었다.

"누군가는 희생해야죠. 결과가 좋으면 다음에 다시 불러 주시면 됩니다. 뭐, 아니어도 괜찮습니다. 여태껏 저를 믿어 주셨으니, 그걸로 됐습니다."

"허, 이것 참. 어디 당신 계획대로 해 봅시다. 고맙소, 임 장관!"

관저를 나서는 임 장관을 강 수석이 급하게 따라 나왔다.

"동수야, 동수야! 너, 정말 괜찮아? 괜찮겠어? 화살이 너한테로 향할 텐데?"

"정부 말발 좀 붙으면 내 커버 좀 쳐 줘라. 너 그 정돈 되잖아?"

"그래도 이건 너무 순식간에 훅 내던지는 거잖아? 여기까지 올라오려고 얼마나 힘들게 뒹굴었는데?"

"혜라가 날 많이 필요로 해. 미경이도 힘들어 하고. 당분간 병간호만 하려고."

"그래도 너무 갑작스럽잖아?"

"들어설 때와 날 때를 확실하게 아는 거뿐이야."

"솔직히 내가 사형 집행 스톱하자고 했어. 이 정도면 충분한 거 아니냐고. 집행 후보 한 명 정도는 남겨서 정부의 인권 수호 의지를 보여 줄 필요가 있지 않겠냐고, 내가 건의한 거거든. ……하지만 중간에 대통령은 사형 집행을 반대하고 네가 강력하게 추진하고 있는 것처럼 흘린 건, 나 아니야. 정말로……."

"영민아, 너답다! 너 잘한 거야. 정말이야! 하지만 이 프로젝트는 이렇게 끝나는 게 맞아. 그래도 시원하게 칼 한번 뽑았잖아!"

"그럼, 결국 다음이 그 마지막……?"

임 장관이 뒤돌아 가면서 손을 흔들며 말했다.

"아끼다가 똥 된다!"

요리사 X는 달맞이꽃에 정성스럽게 물을 줬다. 행여 노란 꽃잎이 하나라도 떨어질까 조심스럽게 화단을 적셔 갔다. 흙 위로 어스름한 달빛이 내려앉을 즈음 수도꼭지를 비틀었다.

그리고 정해진 수순처럼 마루에 올라 젖은 손을 닦지도 않은 채 방으로 들어갔다. 아들이 사용하던 방이었다. 방은 그 집 어느 곳과도 닮아 있지 않았다.

침대 위에는 뭉치 서류가 다도해 섬처럼 쌓여 있었다. 방을 가를 정도로 큰 화이트보드엔 출력된 사진과 서류들이 자석을 의지해 붙어 있었다. 어떤 것들엔 서로 연관이 있다는 듯 붉거나 파란 선으로 연결되어 있었다. 사진과 서류는 화이트보드에만 있는 게 아니었다. 벽에도 벽지가 보이지 않을 만큼 빽빽하게 붙어 있었고, 사이사이 신문에서 오려 낸 기사들이 틈을 막아서고 있었다.

요리사 X는 그것들과 마주 섰다. 마치 퇴임을 앞둔 교장 선생이 교사와 학생들을 마주하는 것처럼 보였다. 그리고 악수를 건네듯 손을 내밀어 하나씩 자리에서 걷어 냈다. 서두르지 않으니 언제 끝날지 알 수 없었다. 하지만 천천히 큰 보자기 속으로 사라져 갔다. '알뜰 삶음' 코스에 맞춰진 세탁기 앞에서 요리사 X는 긴 담배 연기를 내뿜었다.

대통령 없는 대통령 집무실. 이명호 국가인권위원회 상임위원이 서류 봉투를 테이블에 올려놓았다. 임 장관이 봉투를 열어 서류를 확인했다. 한 장씩 넘겨 전체를 꼼꼼히 훑어봤다. 그리고는 강한 의지를 내보이듯 고개를 끄덕였다.

"지금까지 여러분들 정말 수고 많으셨습니다. 인권과 법질서라는 명제 사이에서 고민 많으셨으리라 생각합니다. ……파도에 이리저리 흔들리는 건 수영이 아닙니다. 갈퀴 같은 두 손으로 물살을 잡아채고, 잔잔한 물 표면에 생채기를 남길 정도로 강력한 발차기로 앞으로 나아가야 수영인 겁니다. 적어도 우린 그동안 인권과 법질서 사이에서 눈치껏 흔들린 건 아니었다고 평가하고 싶습니다. 옳다고 생각한 방향으로 힘찬 수영을 한 것이죠. 판단은 역사와 대중이 할 겁니다. 이제 곧 결승점에 도착합니다."

"잘 마무리되겠지?"

강 수석이 공적인 자리인 걸 잊은 말투로 물었다.

"걱정 마. 잘될 거야. 다 잘될 겁니다. 그래야 살 수 있으니까요."

임 장관이 이 위원을 보면서 마지막 지시처럼 설명을 부탁했다.

"이명호 위원님, 무척 피곤해 보이십니다. 잘 알고 있습니다. 대통령님도 여러분들 노고를 잘 알고 있습니다. 마지막으로 유종의 미를 부탁드립니다. 엔데 구트, 알레스 구트(Ende gut, Alles gut)!"

"끝까지 최선을 다하겠습니다. 마지막 사형 집행 대상자에 대해 설명하겠습니다. 성명 신재형. 현재 나이 49세 남성입니다. 사건이 일어난 98년 당시 나이 21세로 공업사 기능공으로 일하던 중 유흥비 마련을 위해 서울 신월동의 한 금은방을 털다가 안채에 있던 주인 부부를 살해했습니다. 그 이상의 추가 희생자는 없었지만, 사형을 선고받았던 건 아들이 보는 앞에서 잔인하게 부모를 살해했기 때문입니다. 아들은 생존했지만, 정신적으로 큰 충격을 받아 정신과 전문의 상담을 받아 왔습니다. 이미 여기 계신 분들은 다 알고 계시겠지만 이 금은방이 바로 샤인금은방으로, 생존자는 바로 강현태입니다. 어찌 보면 이 사건이 요즘 뉴스에 매일 오르내리는 강현태 연쇄 살인 사건의 시작이 되는 셈입니다.

당시 재판부나 경찰은 이 사건 판결에 약간의 문제가 있다고 제기한 바 있습니다. CCTV 자료나 목격자 등 기타 객관적인 증거가 없고, 신재형의 자백에만 의지하고 있다는 점. 단독 범행을 주장하고 있다는 점. 강도 계획을 철저하게 준비했지만 정작 금품을 챙기고도 집에 있던 부부를 잔인하게 살해하고 주방에서 음식물을 꺼내 먹다가 출동한 경찰에 붙잡혔다는 점. 극악한 살인 방법에도 약물검사에선 어떤 약물도, 심지어 음주 반응도 없었다는 점이 아직도 풀리지 않는 대목입니다."

임 장관은 대수롭지 않다는 듯이 덧붙였다.

"그거야 범죄 현장이 신재형의 집에서 멀지 않은 곳에 있으니까 여유 부리다가 그런 거 아니겠습니까?"

이 상임위원이 의뭉스런 표정으로 발언권을 얻었다.

"그것도 그렇습니다. 자기 집에서 가까운 곳을 범행 대상으로 삼은 것이 아무래도 납득되지 않는다고 말하는 사람도 있습니다. 그리고 피해자 부부의 아들이 보고 있었다면 목격자가 될 수 있었을 텐데 그냥 살려 뒀단 말이죠."

"그냥 운이 좋았던 거예요. 살인자들의 살인 패턴은 일정하지만은 않습니다. 잔인하게 죽이다가 또 그냥 아무렇지도 않게 스치고 지나갈 수도 있는 거죠. 그렇게 생각하면 모든 게 이상하게 보일 수 있습니다. 신재형이 충분히 준비했다고는 하나 완벽하지 않았고, 또 실행으로 옮기는 중에 실수했을 확률이 더 높습니다. 전문의 소견 중엔 강도짓을 하러 갔지만 살해 충동에 휘둘렸을 가능성을 얘기한 것도 있습니다. 신재형은 고아로 자랐습니다. 금은방에 금품을 빼앗으러 간 것인지 한 가정에서 행복을 빼앗고 싶었던 건지 심각한 혼란에 빠졌을 수 있다는 것입니다. 지금 이 위원님은 다시 다른 후보군을 뽑아 그중에서 추려 선발하고 싶은지도 모르겠습니다만, 결국 마찬가지입니다. 지금 말씀하신 우려 사항들이나 걱정되는 부분들을 서류에 첨부해 주시면 기록으로 남기겠습니다. 당연한 일이지만 저희가 어떤 고민을 했고, 어떤 검토 끝에 일을 추진했는지는 모두 기록으로 남습니다. 지금 말씀하신 대목은 제가 판단하고 일을 추진하기로 한 걸로 하면 되겠습니까?"

"뭐, 꼭 책임을 회피하고 싶어서 그런 건 아닙니다. 하여간 이의 사항은 문서로 작성해서 첨부하도록 하겠습니다."

"고맙습니다. 자, 그럼 다른 의견은 더 없는 거죠? 이번에는 사퇴한 정현정 기자를 대신해서 법무부 직원을 한 명 데려가 기사를 작성하도록 하겠습니다. 그리고 저도 처음부터 끝까지 함께할 생각입니다. 그러는 게 맘이 놓일 것 같습니다."

"혹시 다음번 후보군이 또 있을까요? 그러니까 또 사형 집행을 추진할 가능성이 있습니까?"

백순호 위원장이 물었다. 임 장관이 강 수석을 힐끔 쳐다봤다.

"글쎄요. 그건 제가 대답할 수 있는 게 아닌 것 같습니다."

정 기자는 글러브 박스에서 정부 청사 출입증을 찾고 있었다.

간신히 꺼내 들고 차에서 내리려다 가까운 곳에 낯익은 차 한 대가 주차하려는 걸 발견했다. '취재' 스티커가 붙어 있었다. 차량 번호를 보고 고상구 기자의 차량임을 바로 알아챘다. 정 기자는 차에서 내려 말이라도 건넬까 하는 생각으로 다가가려다가 좀 떨어진 거리에서 임동수 장관이 고 기자를 향하고 있는 걸 발견했다. 임 장관은 선글라스에 페도라까지 쓰고 있었지만 못 알아볼 만큼은 아니었다.

고 기자는 차량에 붙은 이물질을 떼어 내는 데 집중해 임 장관을 보지 못했다. 정 기자는 고 기자에게 임 장관의 존재를 알려 줄지를 망설였지만 너무 늦어 버렸다. 임 장관은 이미 고 기자의 지척에 와 있었다. 그리고 둘은 짧은 시간 맞닥뜨렸다. 임 장관과 고 기자는 주위를 휘둘러보고는 함께 차량에 올랐다. 그 모습에 정 기자는 경악했다. 마치 약속이나 한 것처럼 서로를 알아보고는 함께 차에 오른 것이다. '부적절해 보이는 이 만남은 어떤 의미가 있는 걸까?'

잠시 후, 임 장관만 혼자 차에서 내렸다. 들고 탔던 종이봉투는 손에 들려 있지 않았다. 임 장관은 잠시 주위를 둘러본 후 잰걸음으로 사라졌다. 연이어 고 기자의 차량이 검은 연기를 내뿜은 후 사라졌다. 그들이 사라진 후 정 기자는 자신의 휴대폰을 확인했다. 방금 촬영한 동영상이 온전하게 저장되어 있었다.

사형 집행 이틀 전, 17:45

　서울구치소 앞엔 인권 단체 연합의 천막이 즐비하게 늘어서 있지만, 사람들은 많지 않았다. 그도 그럴 것이 이기수의 사형 집행 후 겨우 닷새가 지났기 때문이었다.

　법무부 버스가 서서히 구치소로 진입했다.

　정 기자는 뭔가를 당기는 촉이 있어 다시 서울구치소를 찾았다. 지금 정 기자는 양치기 소녀와 다름없는 처지처럼 느껴졌다. 시민·인권 단체의 입장에서는 정 기자가 자신들의 행보를 정부에 알리는 것처럼 보일 수도 있었기 때문이다. 결과적으로 정부는 매번 시민·인권 단체를 따돌렸으니 말이다. 정 기자는 뭔가 확신이 필요했다.

　요리사 X는 도착하자마자 쿡-버스에 올랐다. 하지만 이번엔 사형수 신재형의 서류는 건드리지도 않았다. 심지어 재형의 식사 요청도 들어 보지 않고 바로 필요한 재료를 메모했다.

사형 집행 이틀 전, 18:35

　"내가 이런 말 하면 좀 그렇지만 오늘 촉이 좀 오는데 해 떨어지면 드론 한번 날려 보시죠? 기자 촉 안 믿어요?"

"기자 측도 믿고, 정 기자도 믿는데, 가장 의심스러울 때 날려야 한다니까요? 내일모레면 대통령이 해외 순방길에 오르는데, 각을 세운 장관이 대통령 부재 시에 사형 집행을 할 거라고 생각해요? 그건 거의 면전에서 항명하는 겁니다. 믿을 만한 정보통에 의하면 대통령은 사형 집행에 반대하는 입장인 게 확실하거든요."

"지금 이득 보는 사람이 누군데 그렇게 단정해요? 현 정부 지지율이 오르고 있어요. 그럼, 대통령이 가장 큰 수혜자 아닌가요? 겉으론 사형 집행 반대하는 척하면서 뒤로는 지시를 내리는 건지도 모르잖아요!"

"알아본 바에 의하면 대통령이 장관 날려 버릴 거라고 해요. 최소한 말이죠. 임 장관 입장에선 지금 몸을 낮춰야 한다고요. 대통령 돌아올 때 대오를 정비해서 협상할 생각입니다. 이 정도로만 말씀드릴게요."

그때 지부장의 휴대폰에 문자메시지가 도착했다. 문자를 확인하는 눈빛이 달라졌다.

"우리가 잘못 짚은 거 같은데? 광주로 가야 할 것 같습니다. 단체장 회원들 잠시 오시라고 하죠. 서둘러야 할 것 같은데요?"

"무슨 용건이라고 할까요?"

"중요한 제보가 있다고 전해요."

"무슨 메시진데요?"

궁금한 정 기자가 물었다.

"……광주에서 사형 집행을 준비 중이랍니다."

"누가 그러던 가요? 누가 제보한 거예요?"

"……."

"에이, 누군데요? 저 못 믿으시는구나! 그렇죠?"

"믿을 만한 사람입니다."

"그러니까 누구냐고요?"

"고상구 기잡니다."

정 기자는 순간 기가 확 빠져나가는 걸 느꼈다.

"고 기자가 뭐랍니까?"

"오늘 급히 임동수 장관이 광주교도소로 내려가는 스케줄을 확인했답니다."

정 기자는 이때다 싶었다. 휴대폰을 꺼내 저장된 영상을 틀었다. 그러면서 한마디 덧붙였다.

"임 장관이 직접 알려 주더랍니까?"

동영상을 확인하던 시민·인권 단체 회원들의 눈이 점점 커져 갔다.

사형 집행 하루 전, 6:00

허 기획관과 연출교도관들이 사형수 신재형을 전방시켰다. 재형은 별다른 반응을 보이지 않았다. 두 팔을 연출교도관들에게 맡기고 얌전히 따를 뿐이었다.

임시수용실엔 임 장관과 법무부 직원이 먼저 와 있었다. 임 장관은 편안한 캐주얼 차림으로 테이블에 앉아 있다가 재형이 들어올 때 유심히 위아래로 훑어봤다.

허 기획관이 임시수용실 철창 안에 자리한 재형에게 마지막 식사를 물어볼 때 임 장관도 철창 앞에서 주의 깊게 들었다. 허 기획관이 테이블 위에 소형 녹음기를 틀어 놓고 저녁 식사의 메뉴를 물었다.

"그냥 다른 사람들이 먹는 거랑 같은 걸로 하겠습니다."

"별다른 요구 사항은 없나요? 고기를 먹고 싶다든가 하는?"

"강도 살인을 저지른 놈이 웬 고기요. 과분합니다."

"담배나 탄산음료도 제공할 수 있습니다."

"담배는 못 배웠습니다. 콜라라면 고맙게 마시겠습니다."

옆에 있던 임 장관이 끼어들었다.

"콜라도 갑자기 많이 마시면 좋지 않지. 한 병으로 만족하게."

허 기획관이 임 장관을 물끄러미 쳐다봤다. 임 장관은 아랑곳하지 않고 자기 테이블로 돌아갔다.

허 기획관은 요리사 X에게 녹음기를 건넸다. 별 내용이 없는 녹음을 함께 듣고는 덧붙여 설명했다.

"아, 글쎄 내일 죽을 사람한테 콜라가 건강에 좋지 않다고 한 병만 마시라고 하네! 아니, 공부만 죽어라 해서 그런가? 그게 할 소리냐고!"

요리사 X가 쓴 표정을 지었다. 그리고 눈을 감고 고개를 끄덕였다.

허 기획관 앞으로 미리 적은 재료 리스트를 내밀었다. 허 기획관이 종이를 쓱 보고, 다시 요리사 X의 얼굴을 쳐다봤다. 요리사 X가 특유의 무표정으로 어깨를 으쓱했다.

계란(두 개), 통조림 옥수수(두 스푼), 통조림 골뱅이(반 캔), 쫄면(150그램), 오이(반 개), 양파(한 개), 양배추(반 개), 당근(반 개), 새싹 채소(한 줌), 슬라이스 치즈(한 장), 슬라이스 햄(한 장), 베이글(한 개), 땅콩버터(네 숟갈), 딸기잼(두 숟갈), 칠리소스(한 숟갈), 버터(종이컵 반의 반 정도), 고추장(네 숟갈), 청양고추(두 개), 맛간장(한 숟갈), 설탕(한 숟갈), 식초(세 숟갈), 올리고당(두 숟갈), 참기름(한 숟갈), 다진 마늘(반 숟갈), 깨소금(한 숟갈), 후추(두 꼬집)

사형 집행 하루 전, 9:30

음식 재료를 준비해 돌아온 허 기획관이 요리사 X에게 재료를 전달하고, 다듬는 걸 도왔다.

사형 집행 하루 전, 12:20

연출교도관이 식판에 가져온 점심을 재형이 맛있게 먹었다. 그리고 식판을 세면대에서 깨끗하게 설거지해서 물기까지 제거한 후 철창 입구 옆에 가지런히 내놓았다. 잠시 후 보건의가 와서 간단한 체크를 했다. 보건의가 차트를 보면서 말했다.

"지금 이런 말씀 드려서 죄송하지만, 희귀 혈액형이라 장기 기증은 사회에 큰 보탬이 되는 겁니다. 정말 잘 선택하신 겁니다. 절차이니 다시 한번 의사를 묻겠습니다. 장기 기증을 희망하⋯⋯."

임 장관이 말을 끊고 참견했다.

"어허, 이 사람이. 신재형 씨가 벌써 여러 번 의사를 밝혔습니다. 이렇게 여러 번 묻는 것도 정도에 지나치는 겁니다!"

당황한 보건의가 인사하고 임시수용실을 나서려는데, 임 장관이 따라가서 이런저런 얘기를 주고받았다. 재형이 임시수용실로 들어오는 허 기획관에게 물었다.

"가족이 있는 사람들은 마지막 면회를 시켜 준다고 하던데요?"

허 기획관이 깜짝 놀라 물었다.

"가족이 없는 걸로 알고 있었는데요?"

"그렇습니다. 가족은 없습니다. 하지만 가족 같은 친구가 딱 하나 있었습니다. 병으로 이미 죽었지만 말입니다. 그래서…… 부탁이 하나 있습니다."

어느새 임 장관도 옆에 와서 이야기를 듣고 있었다.

"말씀해 보세요."

"제가 쓴 편지를 그 친구 납골당에 두고 싶습니다. 제가 죽기 전에 말입니다. 그 친구, 이곳에서 가까운 곳에 있습니다. 가능하다면 제 편지가 올라가 있는 그 녀석 영정 사진을 보고 싶습니다. 부탁드립니다."

"편지, 가지고 있습니까?"

재형은 꼬깃꼬깃 접은 편지를 펼쳐 보였다. 임 장관이 중간에서 가로채 읽었다. 그리고 허 기획관을 향해 고개를 끄덕였다.

"그 정도는 당연히 해 줘야지요. 직접 다녀오시는 게 좋을 거 같습니다. 여긴 걱정하지 마시고요. 이 친구랑 함께 다녀오세요."

임 장관은 함께 온 법무부 직원을 가리켰다. 법무부 직원은 가슴팍에 커다란 카메라를 매달고 있었다.

사형 집행 하루 전, 13:45

허 기획관은 납골당으로 가는 길에 잠시 차를 세워 꽃다발을 샀

211

다. 법무부 직원은 납골당까지 따라가지는 않았다. 허 기획관을 감시하려는 것이 아니었으니, 카메라만 받아서 혼자 올라갔다. 사진은 출력하지 않고 카메라 LCD 화면으로만 보여 줄 생각이었다. 허 기획관은 품 안에 있는 편지를 다시 한번 확인했다. 그리고 알려 준 곳에 꽃과 함께 봉헌했다. 친구는 4위까지 모실 수 있는 가족 안치단에 어머니의 안위와 함께 모셔져 있었다. 납골함 옆 액자 속에서 젊은 시절의 재형이 앳된 모습으로 남아 있었다. 재형의 머리가 알록달록한 것에 비하면 친구는 순한 양처럼 생겼다. 그 뒤로 순한 양의 아버지처럼 보이는 사람이 그 둘을 끌어안고 있었다. '이분은 살아 계실까?' 하고 자세히 보려다가, 허 기획관은 그만 놀라 뒤로 자빠질 뻔했다. 사진 속의 주인공이 바로 요리사 X였기 때문이다.

잠시 벽을 붙잡고 생각을 정리했다. 도무지 알 수 없었다. 다시 재형의 편지를 펼쳐 읽어 봤다. 별다른 내용은 없었다. 병으로 먼저 세상을 뜬 친구를 저세상에서 다시 만날 수 있다는 생각에 가슴이 뛴다는 얘기뿐이었다. 다만 남겨진 친구의 아버지를 돌봐 드리지 못한 것에 대한 미안함이 묻어 있었다. 요리사 X는 재형에게 어떤 감정을 가지고 있을까, 궁금하고 또 걱정스러웠다.

'죽은 아들의 절친에게 내려진 사형 선고가 곧 집행된다는 걸 요리사 X도 알고 있을까? 사형수의 정보를 보고 알아챘을까? 혹

시 그럴 가능성 때문에 지원했던 걸까? 지금 요리사 X는 어떤 생각일까? 어떤 준비를 하고 있을까?'

허 기획관은 입구에 있던 사무실을 찾아 관리자에게 몇 가지를 물었다.

"아까 들어올 때 보니까 카드로 방문객 등록을 하게 되어 있던데요?"

"그렇습니다. 회원이시면 카드로 간편하게 등록하고 들어오실 수 있습니다."

"그러면 제가 방문한 안위에 누가 얼마나 자주 들렀는지 알 수도 있습니까?"

"그렇기는 합니다만, 사생활에 관한 거라……."

"제가 절차를 밟을 수도 있지만 시간이 없어서요……. 아까 말씀드린 것처럼 법무부에서 교정 일을 하고 있고, 또 신분도 확실합니다. 그럼 가능한 한 선에서 답해 주시면 어떨까요? 제가 방문한 안위는 누가 자주 방문하는 편입니까?"

"……네, 그 안위는 적어도 한 달에 한 번은 들르는 편입니다."

"아버지가 오시는군요?"

"……."

직원은 곤란한 표정으로 답을 대신했다.

"아, 알겠습니다. 고맙습니다."

213

허 기획관은 감정을 추슬러야만 했다. 그렇게 아무렇지도 않은 듯 차로 되돌아갔다.

사형 집행 하루 전, 15:15

허 기획관은 법무부 직원에게 카메라를 넘기고는 쿡-버스에서 재료 다듬는 일을 돕다가 가겠다고 말했다. 허 기획관이 깊은 심호흡 후에 쿡-버스에 올랐다.

사형 집행 하루 전, 17:30

김종근 위원이 서울구치소에 도착했다. 능숙하게 자신의 소지품을 넘겨주고 몸수색도 받았다. 임시수용실에서 임 장관을 보더니 허리 굽혀 인사했다. 그리고 이런저런 얘기를 주절주절 나불댔다.

사형 집행 하루 전, 17:40

요리사 X가 마지막 식사를 준비했다.

소금을 조금 넣은 냄비에 물을 끓인다. 계란 한 알을 넣고 완숙으로 삶는다. 통조림 골뱅이를 씻어 물기를 빼 엄지손톱 크기로 썬다. 양파와 오이는 길게 채를 썬다. 쫄면을 손으로 씻으면서 가닥이 달라붙지 않도록 한다. 양배추를 채 썬다.

계란 하나를 프라이팬에 올린다. 노른자를 터트려 앞뒤로 노릇하게 잘 굽는다. 베이글을 반으로 잘라 오븐에 넣고 따뜻해질 정도로만 굽는다. 다시 버터를 두른 프라이팬에 베이글의 안쪽을 살짝 굽는다. 베이글 한쪽에는 땅콩버터를 듬뿍 바르고, 다른 한쪽에는 딸기잼을 듬뿍 바른다. 그 위로 계란프라이를 올리고 칠리소스를 뿌린다. 다시 그 위로 슬라이스 치즈와 슬라이스 햄을 겹친다. 슬라이스 햄을 프라이팬에 살짝 앞뒤로 구워 향을 끌어올린다. 채 썬 양배추를 적당량 넣고 베이컨을 합쳐 살짝 눌러 준다. 다시 끓는 물에 쫄면을 넣고 잘 저어 가며 3분간 삶는다. 건져 낸 쫄면을 흐르는 찬물에 여러 번 헹궈 전분을 없애고, 채에 담아 물기를 뺀다. 넓적하고 바닥이 오목한 그릇에 고추장, 간장, 설탕, 식초, 올리고당, 다진 마늘을 넣고 잘 섞는다. 그 위로 쫄면을 올리고 그 주위로 골뱅이, 길쭉하게 썬 청양고추, 채 친 오이와 양파, 당근을 두른다. 마지막으로 새싹 채소를 썰어 얹고, 그 위로 참기름과 후추를 떨어트린다. 통조림 옥수수는 작은 종지에 담아 낸다.

요리사 X는 이번에도 풍선을 천장 환기구에 매달았다.

사형 집행 하루 전, 18:10

허 기획관이 연출교도관 한 명과 함께 버스에서 음식 카트를 내렸다. 그러고 다시 버스에 올라 요리사 X에게 한참 설명을 들었다.

허 기획관은 임시수용실로 돌아가는 길에 혼잣말로 스스로를 독려했다.

'파도에 흔들리는 건 수영이 아니지!'

사형 집행 하루 전, 18:20

마지막 식사를 먼저 임 장관과 김 위원이 검수했다. 법무부 직원은 그 상태에서도 여러 장의 사진을 찍었다. 모범생처럼 참 열심이다. 그리고 철창 안으로 카트를 따라 들어가더니 재형이 쫄면 비비는 사진을 연속해서 찍었다. 재형은 음식을 먹기 전에 습관처럼 코로 냄새를 맡았다. 그리고 조금 불편한 미소를 지었다.

작게 성호를 긋고는 쫄면을 맛있게 먹었다. 허 기획관은 식사하는 재형 옆에 자리를 잡고 앉았다. 재형이 쫄면 그릇을 원래의 새 그릇처럼 깨끗하게 만들고 나서 허 기획관에게 콜라를 마실 수 있다면 지금이 좋겠다고 부탁했다. 허 기획관이 냉장고에서 콜라를 하나 꺼내 건넸다. 냉장고엔 어느새 콜라 한 개 이외에는 모두 우유로 대체되어 있었다. 콜라까지 깨끗하게 비운 재형이 행복한 표정을 지을 때쯤, 허 기획관이 나지막이 물었다.

"쫄면은 그렇게 맛있게 먹으면서 왜 그 옆에 있는 베이글샌드위치는 손도 안 댔어요?"

"아, 이거요? 죄송해요. 땅콩 알레르기가 있거든요. 이 정도 먹으면 전 목이 부어서 숨도 쉬기 힘들 거예요. 아주 난리 납니다. 음식 만들어 주신 분께는 죄송하지만 어쩔 수 없습니다. 냄새만으로도……."

허 기획관의 표정이 차갑게 변해 갔다. 그리고 납골당에서 돌아온 후, 쿡-버스에 올라 요리사 X와 나눈 대화를 떠올렸다.

허 기획관이 납골당에서 본 사실을 얘기해도 요리사 X는 크게 놀라거나 당황하지 않았다. 모든 일에 초연한 사람처럼 보였다. 아니면 아무것에도 연연하지 않거나. 요리사 X는 잠시 생각에 잠겼다. 그리고 자신의 안쪽 주머니에서 작은 쪽지를 하나 꺼내 건넸다. 요리사 X의 아들이 아버지에게 남긴 것이었다.

이 글을 보고 계신다면 제 사망을 확인한 이후이겠지요. 저는 수술실에 들어가기 전 이 글을 작성하고 있습니다. 죽음의 갈림길 앞에서 딱히 부자지간의 정 때문에 펜을 든 건 아닙니다. 제 친구 재형이를 도와달라고 부탁드리기 위해서입니다.

단도직입적으로 말씀드리자면, 제가 재형이를 범죄에 끌어들였습니다.

치료비 마련을 위해서였습니다. 재형인 아무 말 없이 기꺼이 따라와 줬습니다.

전 수술을 마치고 모든 걸 자백하려고 생각하고 있습니다. 하지만 성공률이 높지 않다는 얘길 듣고 있는 터라 이 글을 쓰기로 마음먹은 것입니다.

사건이 커진 건 모두 제 잘못입니다. 범죄의 두려움을 떨치기 위해 가지고 있던 옥시코돈을 입에 털어 넣었던 것이 이렇게 큰 화근이 될지는 생각지도 못했습니다.

재형이의 죄를 어떻게 덜어 내야 할지 저는 알지 못합니다. 범죄의 계획과 내용도 모른 채 가족이라 생각하는 저를 따라온 죄가 전부입니다.

제가 힘든 병을 가지게 된 건 누구의 탓도 아니라고 생각합니다. 정말입니다. 하지만 혹시 아버지께서 자신의 책임이 조금이라도 있다고 생각하신다면 도와주십시오!

어쩌면 가족을 멀리한 책임보다 더 큰 짐이 될지도 모르겠습니다. 그 차액만큼은 다른 세상에서라도 갚도록 노력하겠습니다. 그러니 부탁드립니다. 착하디착한 재형이를 도와주십시오! 그리고 건강하십시오.

아들 형준 올림

쪽지를 돌려받은 요리사 X는 물기 없는 입술로 짧게 아내의 마지막을 전했다.

"아낸 내가 해외에서 연락이 끊기자 다른 여자가 생긴 줄 알았나 보더라고요. 내가 보내준 돈으로 무속인을 찾았대요. 돈을 끝도 없이 요구하더랍니다. 아들 치료비도 생활비도 식비도, 그렇게 누군가의 주머니로 들어간 거죠. 아들이 죽은 날 아내도 따라갔습니다. 저한테 저주와 같은 원망을 쏟아놓고서……."

허 기획관이 재형에게 물었다.

"그런데…… 어떻게 살해 현장에선 땅콩버터를 한 통 다 비웠어요? 이상하잖아요? 신재형 씨가 저질렀다는 살해 현장에선 새로 뜬 땅콩버터가 식빵에 발라져 누군가의 배 속으로 사라졌다고 되어 있거든요?"

철창 밖에 있던 임 장관이 벌떡 일어나 달려들었다.

"지금 뭐 하는 겁니까? 미쳤어요? 교정기획관이 뭔데 지나간 사건을 들춰요?"

"장관님, 지금 아주 중요한 얘길 하는 겁니다. 이 친구, 땅콩 알레르기가 사실이라면 사건 현장엔 공범이 있었다는 얘기가 됩니다. 생존자인 아들, 그러니까 강현태가 자기 부모님을 살해한 사람이 냉장고 앞에서 땅콩버터를 발라 식빵을 먹어 치웠다고 증언한 바 있습니다. 그렇다면 신재형은 아니라는 얘긴 거죠. 이 친구는 심각한 땅콩 알레르기가 있거든요. 이건 명백히 재심이 청구되어야 합니다. 어서 사형 집행을 중지해 주시기 바랍니다. 주범은 따로 있습니다. 신재형은 종범일 가능성이 높습니다!"

"지금 무슨 소릴 하는 겁니까! 아주 일을 망치려고 작정했어? 누구 맘대로 재심이야!"

어느새 철창 안으로 들어온 임 장관이 허 기획관의 멱살을 잡고 끌어내려 했다. 허 기획관이 앉아서 굳어 있는 재형에게 격정적으로 소리쳤다.

"신재형 씨! 오늘 내가 꽃을 주고 온 그 친구가 주범이죠? 병원비 마련을 위해 함께 금은방을 털자고 했죠? 그렇죠? 당신 친구 박형준의 계획이지 않습니까?"

재형은 고개를 떨군 채 아무 말도 하지 않았다.

"교도관, 어서 이 새끼 잡아넣어! 내 지시 있을 때까지 절대 풀어 주면 안 돼! 나쁜 새끼, 지가 뭐라고! 뭘 안다고!"

임 장관의 흥분이 극에 달했다. 연출교도관들이 허 기획관을 제압하고 양팔을 붙잡았다. 그래도 허 기획관은 저항하면서 임 장관에게 달려들었다.

"장관님, 지금 하늘에 죄짓고 있는 겁니다!"

"하늘? 내가 무서워할 줄 알고! 어서, 이 사람 끌어내! 어서! 그리고 교도소장에게 말해서 이 사람 독방에 집어넣어! 어서!"

허 기획관은 연출교도관에게 붙잡혀 임시수용실에서 내쫓겼다. 단 5분 만에 벌어진 일이었다. 허 기획관은 임시수용실을 나오면서 빠르게 안정을 되찾았다. 마치 무대 암전을 기다렸던 연기자처럼. 그리고 순순히 독방까지 따라갔다. 독방 앞에는 벌써 연락받은 구치소장이 나와 있었다. 하지만 그도 어쩔 수 없는 노릇이었다.

"무슨 착오가 있을 겁니다. 아무리 법무부 장관이라도 이런 절차로는 사람을 가둘 수 없죠. 일단 안에 계시면 제가 잘 설득해서 꺼내 드리겠습니다. 잠시 다녀오겠습니다."

연출교도관들이 독방 문을 닫으려 할 때 허 기획관이 문 앞에 매달려서 부탁했다.

"자네들! 내가 잠시 스트레스 때문에 제정신이 아니었나 보네. 한 가지 부탁이 있네. 식사 카트를 꼭 쿡-버스에 돌려주게. 그래야 요리사님이 제때 쉬실 수 있으니까. 꼭 부탁하네!"

사형 집행 하루 전, 19:40

구치소장이 임 장관에게 보고하면서 허 기획관을 구금할 수 있는 규정이 없다고 여러 번 얘길 해도, 임 장관은 꿈쩍하지 않았다.

"규정이 없긴 왜 없습니까? 지금 허 기획관은 법무부 장관령으로 집행되는 국가 중대사에 큰 위협이 되고 있습니다. 신재형이

사형 선고된 것이 불법입니까? 사형 집행 명령서에 법무부 장관
이 승인한 게 불법입니까? 오히려 퇴직한 기획관 나부랭이가 법
집행을 막아서는 것이 불법 아닙니까? 어디 여기에서 자기가 법
을 논하고, 재심을 요구합니까? 아주 심각하게 국가 사법 체계가
위협받은 겁니다. 알겠습니까? ……안 되겠어요. 이대로는 안 되
겠어! 구치소장, 방송실로 날 안내하세요!"

연출교도관들이 철창 안 어질러진 집기들을 정리했다. 한 교도
관이 구치소장에게 음식 카트를 어떻게 하느냐고 물었다. 임 장관
이 철창 밖 테이블 앞에서 이러지도 저러지도 못하고 있는 김 위
원에게 명령조로 지시했다.

"김 위원! 이거나 바깥에 있는 버스에 가져다주고 오세요. 어디
있는지는 알죠?"

김 위원이 위세에 눌려 아무 말 못 하고 카트를 밀고 나왔다. 카
트를 버스 앞에 세우고 노크했다. 안에서 두고 가라는 말이 흘러
나왔다. 김 위원이 사라지고 요리사 X가 카트를 밀고 버스 안으로
유유히 사라졌다.

요리사 X가 카트 하단 작은 선반 아래로 손을 넣었다. 뭔가가
만져졌다. 소형 녹음기였다. 요리사 X가 눈을 감고 잠시 회상에
빠져들었다. 파란만장했던 날들이 주마등처럼 스쳐 지나갔다.

젊은 박경호는 임신 중인 아내의 배웅을 받고 작은 식당으로 향했다. 하지만 하루 종일 열심히 일하고 식당을 마감한 후엔 집이 아닌 주변 쪽방으로 걸음을 옮겼다. 도박판이었다. 큰판에서 크게 빚을 지게 되자 조폭들이 경호의 목에 칼을 들이댔다. 순간의 기지로 가까스로 창문을 넘어 도망쳐 밀항선을 타기 전에야 겨우 집에 전화를 걸 수 있었다.

일본에 도착해 가까스로 주방 보조 일을 구했다. 그리고 금방 실력을 인정받아 호텔 주방으로 옮겼다. 가끔 아내에게 전화도 하고, 생활비도 보낼 수 있어서 그런대로 만족했다. 호텔로 옮길 수 있도록 도움을 준 야쿠자 중간 보스가 특히 경호의 요리를 좋아했다. 그러던 중 호텔에 반대파 야쿠자가 난입했다. 경호는 죽기 직전의 중간 보스를 데리고 피신한다. 경호는 도피 생활 중에도 그를 극진히 보살폈다. 그러나 가족에겐 연락할 수 없었다. 들켰다간 자신의 목숨도 위태롭기 때문이었다.

경호의 아들에게 큰병이 생겼지만 병원비가 없었다. 그나마 있던 돈을 아내가 무당에게 모두 사기당한 뒤였다. 형준이 재형과 함께 금은방으로 향했다. 형준만 약간의 귀금속을 챙겨 범행 현장을 도망쳐 나오지만, 수술 후 회복하던 중 죄책감에 힘들어하다 숨지고 말았다. 경호의 아내도 아들을 따라 스스로 목숨을 끊었다. 중간 보스도 결국 사망한다. 경호는 미련 없이 밀항선을 타고 귀국했다.

집은 말 그대로 난장판이었다. 아들의 유서를 발견했다. 매일매일 재형의 재판기록을 들여다봤다. 땅콩버터 얘기가 시선을 끌었다. 재형의 땅콩 알레르기는 예전부터 알고 있었다. 사건의 전모를 알 것 같았다. 탄원서를 내 보지만 받아들여지지 않았다.

매일 전국 교도소와 구치소를 드나들며 장기수들에게 요리 봉사를 자청했다. 재형을 먼 곳에서나마 지켜주고 싶었다. 수형자들이나 교도관들에게도 이런저런 소식을 듣게 됐다. 그중 감정 기복이 심한 김근우도 있었고, 보답이라며 자신의 얼굴을 잠시 내어 주는 이기수도 있었고, 아들처럼 생글생글 웃는 신재형도 있었다.

요리사 X가 눈을 부릅떴다.

사형 집행 하루 전, 20:05

구치소 방송실. 방송실 교도관들이 일어서 일제히 경례를 붙였다. 임 장관이 방송실 교도관들에게 직접 명령했다.

"구치소 전체를 대상으로 방송할 수 있도록 준비하세요."

"전체요? 수감자들도 모두 들을 수 있도록 말입니까?"

"교도관들이 하나도 빠짐없이 들어야 합니다. 정문이나 감시탑 등 구치소 내 모든 사람이 다 들어야 합니다."

"알겠습니다."

임 장관은 구치소장에게 먼저 마이크를 넘겼다.

"소장, 당신이 먼저 안내 방송을 하시죠."

"뭐라고……?"

"긴급 공지가 있을 거라고 하시면 됩니다. 그리고 나머진 제가 하겠습니다."

"소장님, 마이크 열렸습니다."

"아, 아, 야심한 밤에 죄송합니다. 교도관들은 모두 경청해 주시길 바랍니다. 임동수 법무부 장관님의 긴급 전달 사항이 있겠습니다."

수감실 내 점호를 마치고 막 자리에 든 수형자들이 몸을 일으켰다. 복도에 있던 교도관들도 스피커에 귀를 기울였다. 감시탑에 있던 교도관들이 주의를 집중했다. 출입문 잠금 상태를 점검하던 교도관들도 잠시 멈추고 스피커를 찾았다.

"아, 방금 소개받은 임동수 법무부 장관입니다. 특별 명령이 있겠습니다. 관내 모든 사람은 이유 불문하고 지금부터 모든 통신 장비의 사용을 금지하겠습니다. 개인 전화는 물론이고 유선전화나 무선 장비들 모두가 포함되는 겁니다. 내일 아침 8시까지 약 열두 시간 동안입니다. 휴대폰은 배터리를 분리하고, 통신 장비들은 모두 셧다운시키면 되겠습니다. 현 시간부로 실시하겠습니다. 다시 한번 말씀드리겠습니다. 현 시간부로 실시하겠습니다.

실시!"

임 장관이 마이크를 건네고 채근하듯 주위를 둘러봤다. 방송 교도관이 장비의 전원을 껐다. 임 장관이 구치소장에게도 손을 내밀었다. 구치소장이 주머니에서 휴대폰을 건넸다. 임 장관이 구치소장의 휴대폰 배터리를 분리해 중앙 테이블에 놓자, 다른 교도관들도 주머니에서 휴대폰을 꺼내 전원을 끄거나 배터리를 분리해 올려놓았다. 임 장관은 구치소장과 함께 임시수용실로 돌아갔다.

사형 집행 하루 전, 22:30

쿡-버스에서 풍선을 여러 개를 하나로 묶은 풍선 다발이 하늘로 날아올랐다. 감시탑으로부터 교도관이 달려왔다. 구치소장이 감시탑으로 나가 봤지만, 이미 풍선은 담벼락을 넘어가고 있었다. 풍선은 연처럼 종이를 여러 개 이어 붙인 꼬리를 달고 있었는데, 그곳에는 이런 문구가 적혀 있었다.

정현정 기자에게 요리사 X 올림

그리고 그 끝엔 소형 녹음기가 매달려 있었다. 구치소장은 풍선이 담장 근처에 이를 때까지 아무런 조치도 취하지 못했다. 풍선들이 담장을 막 넘어서려 할 때야 뒤돌아서서 혼잣말처럼 중얼거렸다.

"늦었네. 바람까지 막을 수 있나!"

마당에 나온 임 장관이 뒤늦게 발견하고는 총으로 쏘라고 악을 썼지만, 감시탑에서는 잘 들리지 않았다. 구치소장에게 직접 명령을 하달받은 교도관이 타워로 돌아가 총기를 소지한 교도관에게 전달했을 땐, 풍선들은 이미 담장 밖에 있었다.

늦었지만 쏘라는 데 쏘지 않을 수 없던 교도관 하나가 풍선을 향해 한 발을 발사했다. 그 총격 소리로 시민·인권 단체 연합 회원들이 막사에서 뛰쳐나왔다.

정 기자가 풍선을 확인했다. 연 꼬리처럼 매달린 종이에 자기 이름이 있는 것도. 정 기자는 쿡-버스에 풍선이 매달려 있던 걸 기억해 냈다. 시민·인권 단체 연합의 드론이 망설임 없이 풍선으로 돌진했다. 이번엔 적외선 카메라 대신 포크를 장착했다. 드론이 풍선을 터뜨려 땅으로 천천히 유도했다. 그리고 녹음기를 안전하게 입수했다. 정 기자와 회원들, 모두 녹음기를 틀어 놓고 귀를 기울였다. 정 기자와 회원들의 눈이 점차 커져 갔다. 그리고 각자의 휴대폰으로 어디론가 전화를 걸었다.

　재형이 임시수용실 철창 안에서 눈을 뜬 채 잠을 이루지 못하는 것과 대조적으로 김 위원은 테이블에 엎드려 깊은 잠에 빠져 있었다.

　임 장관은 1분에 한 번꼴로 시계를 들여다보며, 앉았다 섰다를 반복하거나 히스테릭하게 서성였다. 구치소장은 그런 임 장관을 보면서 불안해했다.

　대통령 관저에 강 수석이 헐레벌떡 뛰어들었다. 수행비서들을 깨우고 대통령에게 보고할 것이 있다고 호들갑을 떨었다. 침실에 불이 켜지고 잠옷 차림의 대통령이 불만 가득한 표정으로 거실로 나왔다.

　"전쟁이라도 난 거야? ……나려면 프랑스 간 후에나 날 것이지……."

　대통령이 심드렁하게 말했다.

　"그건 아닌데요, 비슷해요. 취재 전쟁이 벌어지고 있습니다."

　"차근히 얘기해 봐요."

　"내일이면 서울구치소에서 사형이 집행될 예정이잖습니까? 그곳에서 이번 집행 대상인 사형수가 재심 가능성이 있는 건이라는 단서가 흘러나왔나 봅니다. 그래서 방송사들이 취재 차량을 보내 생중계하고 있답니다."

"아이, 난 또 뭐라고. 그럼, 임 장관에게 전화해서 중지시키라고 하세요."

"그런데 임 장관이나 구치소장이나 아무도 연락이 되질 않습니다. 구치소에 있는 누구에게도 연락이 되질 않습니다. 무슨 조치를 취하고 있는 것 같습니다."

"아이, 임 장관이 알아서 잘하겠지. 그런 걸 가지고 뭐……."

"그런데 말입니다. 지금 좀 이상한 보도도 함께 흘러나오고 있습니다."

"뭔데요. 한꺼번에 좀 말하지……."

"말씀드리기가……."

"나, 그럼 다시 자러 들어갑니다. 싫으면 말해요. 어서요!"

"임 장관 딸이 병원에 있는 것 아시죠?"

"알지. 어디 한두 해도 아니고……."

"희귀 혈액형을 가지고 있잖습니까? 그래서 장기이식에 어려움을 겪고 있었죠. 그런데 이번 사형수도……."

"……뭐라고요! 그건 너무 나간 억측 아닙니까! 정도껏 해요, 정도껏!"

"그래서 제가 병원에 확인해 봤습니다. 혹시나 하고서요. 그런데 수술 팀이 임 장관 전화를 기다리고 있다고 합니다. 임 장관이 그렇게……."

대통령의 표정이 싹 달라졌다.

"안 되겠네! 당신이 직접 가세요. 가서 해결하세요!"

"네, 알겠습니다."

사형 집행 당일, 01:20

초조한 임 장관이 자리를 박차고 일어섰다.

"안 되겠어. 이대로는 왠지 불안해. 구치소장! 지금 당장 사형을 집행하겠습니다. 다 깨우세요! 허 기획관 혼자만 이 집행에 반대하고 있는 게 아닌 거 같아요. 아주 심각한 위협이 예상됩니다."

"이거야말로 절차에 심각하게 위배된 겁니다!"

"사형 집행 명령서에 누구 사인이 있습니까? 그거 내 사인입니다! 아까 기획관 보셨죠? 제가 그런 위협에 대해 즉각적인 조치를 취할 수 있는 거 아닙니까? 명령입니다. 구치소 내 보건의 깨워서 사형장으로 데리고 오세요. 아니, 당신 말고 김 위원이 가서 데리고 오세요. 구치소장은 나랑 갑시다."

"사형장 열쇠가 제 방에 있습니다."

"그럼, 열쇠만 가지고 사형장으로 오세요. 5분 내로 오세요. 어서요!"

연출교도관들이 재형을 일으켜 세워서 옷을 갈아입혔다. 그리고 뭔가 어리둥절한 김 위원도 보건의를 데리러 임시수용실을 빠져나갔다.

사형 집행 당일, 01:35

구치소장이 사형장 열쇠를 꺼내면서 그 옆 다른 열쇠도 함께 꺼내 들었다. 허 기획관이 있는 독방 열쇠였다. 구치소장은 독방 문을 열어젖혔다. 한쪽 구석에 쭈그리고 앉아 있던 허 기획관이 고갤 들었다.

"지금 좀 이상하게 돌아가고 있습니다. 임 장관이 아무래도 심상치 않습니다!"

구치소장은 허 기획관에게 그간의 사정을 얘기했다. 허 기획관도 자신이 알고 있는 바를 구치소장에게 귀띔했다. 허 기획관이 구치소 열쇠 꾸러미를 들고 요리사 X가 있는 쿡-버스로 향했다.

구치소장은 구치소 정문 앞이 대낮처럼 밝은 걸 알아챘다. 구치소장이 쏟아지는 빛을 향해 달려갔다. 정문으로 다가가자 뭔가가 환한 조명을 등지고 교도소 상공으로 천천히 날아 들어오는 걸 발견할 수 있었다. 풍선들이었다. 풍선 꼬리엔 저마다 하나씩 메시지가 달려 있었다.

신재형은 재심을 받아야 한다!

신재형은 종범일 뿐이다!

임 장관, 실수하지 마시오!

구치소장이 시끄러운 정문 감시탑으로 올라갔다. 정문 앞은 엄청난 취재진들이 대낮처럼 불을 밝히고 있었다.

청와대 강영민 정무수석이 고함을 치고 있었지만, 교도관들도 어쩔 줄 몰라 했다. 구치소장이 뒤돌아보니 임 장관은 벌써 연출교도관들과 함께 재형을 데리고 사형장으로 향하고 있었다. 구치소장은 정문을 열어 주라고 명령했다. 강 수석과 취재진이 들이닥치자 구치소 안도 대낮처럼 밝아졌다. 구치소장이 강 수석과 취재진을 향해 사형장 방향을 가리켰다. 모두가 사형장 쪽으로 달려갔다.

사형 집행 당일, 02:00

임 장관이 연출교도관 두 명과 재형을 끌고 사형장으로 향하는 모습을 취재진의 불빛이 막아섰다. 연출교도관들도 어쩔 줄 몰라 그 자리에 멈춰 섰다.

입을 악다문 임 장관이 품 안에서 권총을 꺼내 들었다. 그리고 바로 하늘로 한 발을 발사했다. 발사된 총알은 '임 장관, 실수하지 마시오!'라는 글귀를 매단 풍선을 터트렸다. 임 장관은 연출교도 관들을 뒤로 물러서게 했다. 그리고 취재진을 향해 소릴 질렀다.

"나에겐 집행 명령서가 있다! 누구도 이 명령에 거스를 수 없다! 이미 칼날은 바닥을 향해 떨어지고 있다! 이 흉악무도한 녀석이 죽어서 다른 생명을 살리면 모두에게 좋은 것이니 방해하지 마라!"

임 장관의 권총이 재형의 머리를 겨눌 때 뒤에서 누군가가 권총을 낚아채려 했다. 다름 아닌 요리사 X였다. 요리사 X가 총구를 쥐고 힘을 주자 임 장관이 방아쇠를 당기지 못하고 쩔쩔맸다. 요리사 X와 임 장관은 잠시 권총을 쥐고 실랑이를 벌였다. 요리사 X가 임 장관을 향해 절규했다.

"그 살인은 마약성 진통제를 복용한 내 아들 녀석의 짓입니다! 그 녀석은 못난 아비 때문에 병원비를 벌어야 했습니다! 그 녀석이 친구 신재형을 끌어들인 겁니다! 재형이는 그냥 아픈 친구를 위해 나선 것뿐입니다! 제가 그 모든 잘못을 낳은 못난 아비입니다! 차라리 나를 쏘세요!"

임 장관도, 요리사 X의 눈도 더 이상 살고자 하는 사람의 눈빛이 아니었다. 요리사 X는 총구에 자기 손가락을 끼워 넣었다. 그 순간, 임 장관은 방아쇠를 당겼고, 총알은 앞으로 나가지 못하고 총구에서 폭발했다.

신재형, 임 장관, 요리사 X, 모두가 뒤로 튕겨 나갔고, 잘려 나간 손가락이 밤하늘에 떠올랐다. 경찰들이 달려들어 임 장관을 포박했다. 임 장관의 악쓰는 소리가 밤하늘에 울려 퍼졌다. 잠잠해진 구치소 하늘 위를 알록달록한 풍선들이 둥실 떠다녔다.

*

작은 선술집. 하얀 머리가 다소 성겨지고 얼굴에 화상 자국을 가진 경호가 굽혀지지 않는 의지(擬指)를 이용해 일정한 크기로 대파를 썰고 있었다.

그때 문이 드르륵 열렸다. 경호는 여전히 대파를 썰면서 말했다.

"아직 문 열 시간 아닙니다. 조금 더 기다리셔야 해요."

하지만 청년은 가게 안으로 성큼 발을 들여놨다. 메고 있던 가방을 내려놓으려 허리를 숙일 때 청년의 이마에 있는 화상 자국이 드러났다.

"많이 기다려야 하나요, 요리사님? 아니, 요리사 X라고 불러야 하나요?"

경호가 배선대 입구를 통해 홀을 내다봤다. 화상 자국이 씰룩이는 피부를 잡아당겨 욱신거렸다. 하지만 일렁이는 그의 표정을 가릴 수는 없었다.

"아니에요. 거의 다 됐습니다. 거의 다."

마주 선 경호와 재형의 화상 자국이 똑 닮아 있었다.

　뉴스를 보고 있자면 '죄와 벌'로 그득하다. 늘 그래 왔다. 그래서 우린 좋든 싫든 그 정보에 오랜 시간 노출되어 왔다. 병원에 장시간 머물렀다고 의학 전문가가 아닌 만큼, 뉴스를 오래 시청했다고 사법 전문가가 될 순 없다. 그래도 '느낌적인 느낌'이란 게 있다. 몸으로 체득한 법 균형이랄 게 있다는 얘기이다. 그래서 하는 얘기인데 범죄와 그에 대한 형량은 비포장도로처럼 들쑥날쑥한 느낌이다. 오랜 시간 하다 보면 초밥 장인은 매번 똑같은 밥알 개수를 집어 올리고, 농부도 일정한 씨앗을 자로 잰 듯 땅에 떨구는데, 사법 분야는 그렇지 못한 것 같다. 600원 때문에 어느 버스 기사는 횡령죄로 직장을 잃고, 대가(?)로 보이는 수십 억을 받았다고 주장하는 어느 사원은 무죄란다. 이 기막힌 밸런스를 어떻게 설명할 수 있을까.

뭐, 각각의 경우마다 많은 변수가 존재하니까, 그런 건 전문가들에게 맡긴다고 치더라도 적어도 사형의 경운 가장 극악한 범죄에 부여되는 형량이 아니난 말이다. 소설 속에서는 사형수는 미결수라 사형으로 형이 확정되는 거라고 표현(실제로도 그렇고)했지만, 엄연히 '사형확정자'란 신분이 있지 않난 말이다. 그러니 종신범보다도 더 엄한 벌로 다스려야 하는 게 당연한 게 아닌가 말이다. 그런데 오히려 피해자 유가족보다도 가벼운 부담을 안고 있어 보이는 건 왜일까? 어느 교도소 유경험자(전과자)는 신입 입소자들에게 다음과 같이 조언하고 있다. 혹시 미결수용실에서 '미결수 수의에 빨간 명찰을 달고 있는 사람'을 만나게 된다면 이름을 부르지 않는 게 좋다고. 사형이 집행되지 않는 지금도 사형수들은 여전히 이름이 호명되면 당장이라도 불려 나가 사형될지도 모른다는 불안감을 가지고 있다는 이유 때문이란다. 아니, 이게 무슨 말인가? 사형수의 심기를 헤아려 달라는 건가? 물론 사형수들은 피하고 보는 게 상책이란 의미에서 조언한 것이니 그 부분은 오해가 없어야 한다. 교도소 측에선 오히려 아침마다 창살 사이로 '아무개 씨!' 하고 불러 그들의 심기를 불편하게 만들어야 하는 건 아닌가, 모르겠다. 유럽 연합(EU)과의 교역 때문에 사형집행이 힘들다면 적어도 죄에 비례해 처벌받아야 한다고 생각한다. 그리고 최소한 피해자 유가족들의 인권부터 살펴야 하지 않을까 싶다.

소설의 시작은 대략 6, 7년 전으로 거슬러 올라간다. 당시 유튜브는 자극적인 콘텐츠로 도배되어 있다시피 했었다. 그중 눈에 띈 것이 미국 사형수들의 마지막 식사였다. 상상해 보면, 끔찍한 느낌도 들고, 또 사람이 죽기 전 마지막으로 먹고 싶은 게 뭘까 궁금했었다. 그리고 음식물의 여정에 대해서도. 비구름에서 시작된 빗방울이 산 정상에 내려 계곡물이 되고, 다시 강이 되기도 하고 늪이 되기도 했다가 바다로 흘러들어 종내엔 다시 비구름이 되는 과정처럼. '사형수의 위장에서 함께 전기의자에 앉게 되는구나!' 하는 생각까지도.

또 다른 기억 하나. 역시 미국 초등학교에서 말썽만 부리던 아이들이 교도소를 체험하는 다큐멘터리였다. 역시 자극적인 콘텐츠인 만큼 아이들을 실제 교도소 수형자들 사이로 밀어 넣었다. 물론 제작진들과 교도소 측이 모범수들로 구성된 인원들과 미리 교육 목적을 입 맞추고 기획한 것이었다. 그래도 아이들은 극도로 공포에 휩싸였고, 어떤 아이는 바지에 오줌을 지리기도 했다. 그 모습에 '이 친구들 전혀 봐주는 게 없네!' 하며 많이 웃었지만, 동시에 여운도 길게 남았다. 결과야 어떻든 간에 교도소는 교정·교도 시설이지, 하는 새삼스러운 깨달음이 있었다.

우리도 분명 교정·교도의 목표가 있다고 생각하지만, 여러 노력이 오래된 시점에 머물러 있는 건 아닌가, 생각한다. 아직도 범죄는 가난해서 생기는 것으로 여겨 주야장천(晝夜長川) 직업교육에 열을 올리고 있지 않은가. 얼마 전 언론을 통해 흉악 범죄자의 얼굴을 공개하자는 저명한 범죄 분석가의 입장이 보도된 적 있었다. '20년 후엔 다시 출소하니까 미리 얼굴을 알려서 대비하자'는 취지의 발언이었다. 뭔가 당장의 화는 누그러트릴 순 있어도 좋은 해결책처럼 보이진 않았다. 욕먹지 않을 정도에서 적당히 시류에 부합해 옆으로 치워 놓은 것처럼 보이는 것이다.

이 소설도 특별한 해결책은 없다. 먼저 머릴 맞대고 사회적 합의를 끌어내야 하는 건 아닌가 싶다. 먹고사는 문제에 매몰되어 가는 동안 한쪽에선 고약한 냄새를 풍기며 썩어 들어가는 사회가 되어선 안 된다고 생각한다. 사형은 선고되지만, 집행은 하지 않는 '어정쩡한 경계'에 머무는 게 아니라, 떳떳하게 적극적으로 '내가 선택한 중도'라면 결과가 사뭇 달라지지 않을까 생각한 것이, 이 소설을 쓰게 된 계기가 되었다.

이석용